图书在版编目（CIP）数据

奇境中的恶意 /（日）芥川龙之介等著；赵晓丹，
于淼译 . -- 哈尔滨：北方文艺出版社，2022.4
ISBN 978-7-5317-5479-4

Ⅰ.①奇… Ⅱ.①芥…②赵…③于… Ⅲ.①日本文
学－现代文学－作品综合集 Ⅳ.① I313.15

中国版本图书馆 CIP 数据核字（2022）第 030461 号

奇境中的恶意
QIJING ZHONG DE EYI

作　者 /［日］芥川龙之介 等	译　者 / 赵晓丹　于　淼
责任编辑 / 张贺然　常　青	策划出品 / 远涉文化
出版统筹 / 罗婷婷　庄本婷	产品经理 / 倪　兵
封面插画 / 邵怡颖	封面设计 / 苗　坤

出版发行 / 北方文艺出版社	邮　编 / 150008
发行电话 /（0451）86825533	经　销 / 新华书店
地　址 / 哈尔滨市南岗区宣庆小区 1 号楼	网　址 / www.bfwy.com
印　刷 / 三河市天润建兴印务有限公司	开　本 / 880mm×1230mm　1/32
字　数 / 225 千	印　张 / 9
版　次 / 2022 年 4 月第 1 版	印　次 / 2022 年 4 月第 1 次印刷
书　号 / ISBN 978-7-5317-5479-4	定　价 / 59.80 元

奇境中的恶意

[日] 芥川龙之介 等 著
赵晓丹 于淼 译

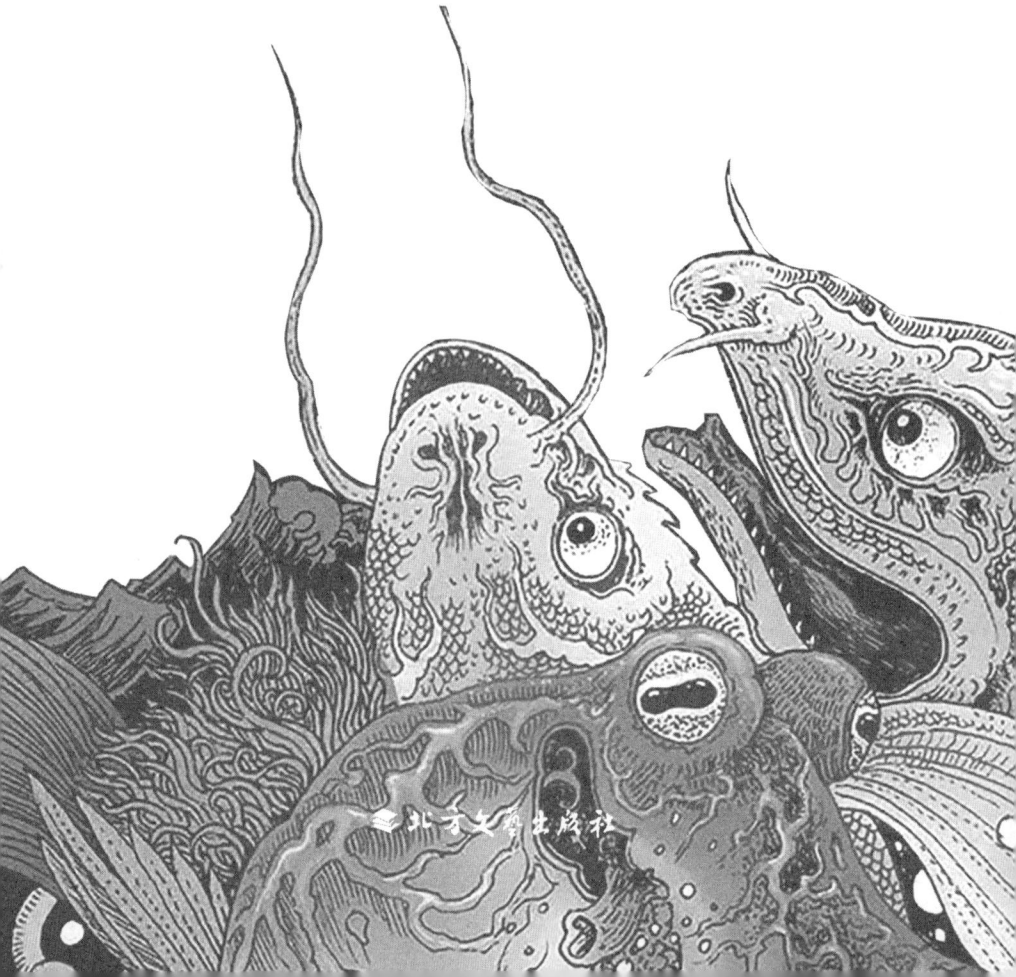

北方文艺出版社

《理性沉睡,心魔生焉》西班牙画家弗朗西斯科·戈雅

前　言

致无常世界中唯一的人生

　　自古以来，日本人就以"不完整""不规则"和"暧昧"为美，他们一方面在精神哲学上追求内在世界的美感，同时难以抗拒"变化"和"毁灭"的致命吸引，喜欢全盘接受自然的无常。这种意识不仅影响他们的物质审美，同时还影响着他们的心理倾向，造就了他们独特的生死观。

　　比如，日本的庭园着重于自然感的塑造，有一种自然而混沌的特征，流露出一种对四季变换的享受感；他们的樱花情结亦是蕴含着对"刹那"和"寂灭"之美的向往。他们的审美意识受自然条件影响，怀有对自然的强烈敬畏之心。

　　此外，随着佛教思想的传入，日本人的审美意识在精神领域逐步深入，尤其是"无常观"与他们固有的自然观相结合，形成了独特而细腻的审美意识。所谓"无常"是佛教的核心教义之一，包含在佛教根本思想的"无常""苦""无我"三项之中。它所具有的"生死观""虚幻感""易逝感"

与日本人的自然观相一致,他们认为,正因为世事无常,每一个瞬间才显得尤为珍贵,才意味深长。这种思维方式形成了流淌在他们血液中的基础审美观,在日本的文学作品中有许多体现。

提到"无常"就不得不提及"物哀"这一审美意识。"物哀"指的是通过所见、所触、所闻、所感而产生的哀愁感,这一概念是理解平安时代文学必不可少的理念之一。这种美学作为后世审美意识的基础被传承下来,是驱使日本人感情的审美意识之一。那些凋零的、正在消逝的事物在他们的眼中是寂寞而美丽的,这与芥川龙之介遗书中所提到的"临终的眼光"有相通之处。他在遗书中剖析了自己想要自我了断的心理,他表示自己的动机只是一种"茫然不安",他写道:"我们人类不会因为某件事就轻易自杀,而是出于对过去生活的总结而结束生命的。……大自然对我来说,比平时更加美丽。或许你会嘲笑我如此热爱自然之美,却又想自杀的矛盾吧。但自然之美是映在我临终的眼光之中的。我看得比别人多,爱得多,也感悟得多。只有这点,让我在无边的痛苦中感到些许安慰。"

日本人无常的生死观和战后人们茫然迷失的痛苦思潮在许多文学作品中体现得尤为淋漓尽致。本书所选文章都贯穿着一个关键词——梦,这些作品或空虚颓废,体现了强烈的时代特征；或隐含深意，表述对人性的深层思考。小川未明的童话《农夫之梦》关注弱者和小人物，蕴含支持弱者的社会主义思想；坂口安吾的《苍茫梦》折射出一种孤独的痛苦，"梦"是草吉游走在清醒边缘的、昼想夜梦的意识分层；芥川龙之介的《梦》通过双重叙事的个性化表达，揭示了寻找自我的主题；在浜尾四郎的《梦中杀人事件》中，"梦"是犯罪行为真假莫辨的掩饰；兰郁二郎的《梦鬼》文风诡谲，"梦"是扭曲欲望的表征……

梦境种种，如人生百味。我们在梦中反刍记忆，在梦中释放自我……虽然人生如梦般无常，但也正因如此，才更值得我们品味和珍惜，何不将此有限身寄予无尽世界呢？就像歌里唱的那样：

> 无常世界里唯一的人生，
> 正因为转瞬即逝，
> 才更珍贵。
> 那就把这瞬间点缀得绚丽多彩吧。
> 就算花瓣会谢尽，
> 我们也会让它成为永恒
> ——把这珍惜的念头献给世界吧。

无常，生死观，物哀审美

自身感受到的"美"从何而来?"审美意识"会帮助我们解读为什么会觉得美。

目录

怪诞之梦

怪梦
梦野久作
003

梦中杀人事件
浜尾四郎
022

梦鬼
兰郁二郎
042

浮生之梦

梦十夜
夏目漱石
151

苍茫梦
坂口安吾
181

梦
相马泰三
210

梦
芥川龙之介
217

童话之梦

梦之卵

丰岛与志雄

229

农夫之梦

小川未明

243

夏日之梦

小泉八云

253

安艺之助的梦

小泉八云

271

怪诞之梦

我感到非常不安。既不知何时才能靠岸，也不知将驶向何方。只知道船只吐着黑烟一直前行。巨浪滔天，苍蓝得无可言喻，有时又会化为紫色。只有船身四周总是白沫飞腾。我感到非常不安。心想，与其待在船上，不如纵身海底。

——夏目漱石

怪梦

梦野久作

工厂

肃穆的晨光洒下来,为钢铁厂染上一层霜晕。

光线昏暗的熔铸车间里,已经连烧了两三天焦炭的大坩埚,此刻已如夕阳的颜色一般熟透了。

昏黄的灯光下,锅炉压力表的指针应该就要突破200,却在数分钟内持续着这无声的战栗。

浓黑的煤烟弥漫在工厂里,刹那间,让我感觉到一种如身在地下千尺般的死寂。

就在这一瞬,一种无法预知的、不祥的预感——比如工厂会爆炸——在脑海中暗示着我。

我悠悠地环手于胸,仰望着棚上的天窗,对刚刚脑海中荒诞、没来由的预感,在心底冷笑。只见倾斜的烟囱正向天空中吐着黑烟。烟囱的另一面反射着旭日的茶青色,看上去非常刺眼,让我产生了烟囱马上就要倒下来的错觉。我用力摇摇头，把种种想法抛之脑后。

由于我父亲的突然去世，让刚刚大学毕业、毫无经验的我继承了这个工厂。就在此时，我被迫在这里指挥有生以来第一次的实地作业。我已经预见到工人们对我这个新上任的年轻厂长的冷嘲热讽。

但是，我不想直接认输，把所有不祥的预感藏在心底，表面上轻松自在。我斜叼着金蝙蝠烟①，环视着呼出白气的工人们。

在我前方是一个巨大的飞轮，好似黑暗的彩虹向我露齿假笑。它的后面还有很多大大小小的齿轮，在昨夜还未褪尽的黑暗中，不断地相互咬合着。

活塞拉杆伸着灰色的手腕。

液压打钉机仰视着天棚的深暗。

蒸汽锤抬着一条腿。

它们将超自然的巨大马力和来源于物理原理的自信集于一身，蓄势待发，静候我一声令下。

不知何处传来"嘶嘶"的声音，也许是安全阀泄漏蒸汽的声音，也许只是我的耳鸣。

---

① 金蝙蝠烟：日本烟草公司（JTI）于 1906 年推出，曾在二战期间由于日本禁用外语改为"金鹰"，1949 年 5 月后又改回 Golden Bat，2019 年停售。目前只有"金蝙蝠雪茄"在北海道限定售卖。

一股力量蹿上我的脊梁,让我自然而然地高举右手。

工头收到指示,点点头,走去开工了。

缓慢地、慢慢地,工厂里层层叠叠的机器都开始苏醒了。蒸汽开始充满工厂的每个角落。

渐渐,钢铁带来的止不住的眩晕感,一下子在我周围掀起了漩涡。人类、狂人、超人、野兽、猛兽、怪兽、巨兽……一切的力量都无法阻止钢铁的怒号。任何伟大的精神都会被诱入这恐怖和死亡的错觉中,坠入黑暗,被残忍冷酷的呻吟逼得到处乱窜。

这声音嘲讽着迄今为止被撕裂、绞碎、甩飞的无数女工、童工的亡灵;咒骂着之前被砸碎头盖骨的老工人;讥笑着再之前被压断双腿的大汉……

所有的生命被冷眼旁观、置之度外,地狱的噪声只热衷于铁与火的激战。

远处的木工厂里,圆形锯木机发出哽咽的悲鸣。这声音自后背传到耳根,然后浸染、震动每一根发丝。这声音也曾切断过很多手指、手腕,甚至年轻人的额头。那干涸发黑的血迹依旧残留在梁木上。

我的父亲一直被世人当作疯子。在我眼里他是个没什么文化的、丑陋的老工人。每每都会工作到最后,即使通宵工作,眼中也会闪烁着无血无泪的钢铁色光芒。他是这个工厂的标杆和骄傲，同时也是其他数十个钢铁厂的威胁。

厂房里的每一台机器都曾掠夺过人体的一部分，更有甚者还吞噬过生命。乌黑的墙壁、天棚的角落都浸染着鲜血的号叫和冷笑。这里的工人是如此热情，这里的机器是如此认真。

毫不留情地蔑视所有铁、血、肉、灵魂，让它们相互争斗、相互诅咒，再创造更新、更伟大的钢铁的冷笑，这就是我父亲的遗志。我露出了满足的笑容。

"有什么嘛，看我的，这工作太小儿科了。"

我环手于胸，悠悠踱步，心里想着，不知道还会有多少生灵会成为这些钢铁的饵食。逐渐习惯了这看似庄严的工厂中的各种叫唤、轰鸣……我脑中不断浮现着极度残暴的幻想，脸上却面带微笑，得意至极。

"呜啊，厂长！"身后响起近乎悲鸣的惨叫。

"又是谁被……"

我瞬间僵直，缓缓回头。被吊着的已经烧至太阳色的大坩埚里，溅出白色的火花在我的鼻尖前跳跃，仿佛要烧尽一切接触之物。

我一阵眩晕，向后急退，一脚踩碎了铸模具。全身的血液集中在心脏，直到退至木材厂的大门才停下来。

五六个铸工急忙跑到我跟前，不住地为自己的疏忽向我道歉。

我张着嘴，环视他们的脸。额头、脸颊、鼻尖都有轻微的烧伤，在冰冷的空气中火辣辣地疼。整个工厂的所有响动，在我耳里都变成了嘲笑……

"哎嘿嘿嘿嘿嘿嘿嘿。"

"哦嚯嚯嚯嚯嚯嚯嚯。"

"咦嘻嘻嘻嘻嘻嘻嘻。"

"哈哈哈哈哈哈哈哈。"

"呵呵呵呵呵呵呵呵。"

"咯咯咯咯咯咯咯咯。"

"嘎嘎嘎嘎嘎嘎嘎嘎。"

"哼哼哼哼哼哼哼哼。"

"……活该……"

空中

番号为T11的单翼侦察机依青山低空飞行，而后开始大角度拉升。

"喂，Y中尉。别碰那架11号单翼侦察机。你刚上任可能不清楚，那架飞机已经发生两次飞行员空中失踪案了。而且每次机身都毫发无损地降落了，诡异极了。虽说它的发动机和机身都没问题，但没人愿意碰它，一直停在阁楼里来着。千万别开它……"

司令官的忠告和同僚们目送我时忧心忡忡的表情，就像发生在上世纪的事一样，转眼消失在云层之下。

蓦地，夏空映衬着清新的朝阳，在我头顶无边无际地展开。

我有些扬扬得意。

在我看来，可以信任的只有对机身精确的检查能力、对天气敏锐的观察力和克服一切危险的实战经验。司令官和同僚们的担忧未免有点迷信，出于反感，我果断大角度拉升飞行。真怀疑就他们这样能不能上战场……

不过，在我冲出冷冽流云的那刻，这种反感就烟消云散了。

我脑海中只剩下显示2500米的高度计、静得出奇的螺旋桨声以及无可言说的绝佳灵感。

这个11号很棒啊……

时速已经超越300公里，怎么还这么安静……

况且这个天气应该也没有气旋……

没有云层，是时候展示我高超的飞行技术过把瘾了……

我正这样想着，微微向上拉升了一点飞行角度。突然，在下方二三百米的云层上发现了11号机的投影，它正忽高忽低地滑行而过。

我这个老飞行员见状，不由得感受到一种极度的愉悦。这是一种在空中只有天空霸者才能感受到的彻彻底底的满足。想到这，我像个孩子一样，心怦怦直跳……

飞行高度 2500 米……

螺旋桨安静的旋转声……

绝佳的飞行灵感……

我眼中涌出了忘乎所以的热泪。这是在太阳、苍穹和云层之间独自翱翔的感动之泪……为了平复情绪，戴着飞行眼镜的我眨了眨眼。

就在那刻。

在镜子一般闪闪发光的蓝天中，正对着我螺旋桨的位置，出现了一架小飞机，离我越来越近……

太不可思议了。事发突然，我还以为是自己一时眼花。没想到对面的黑影骤然猛涨，清晰地显露出了单翼机的形态。

我一边心里盘算着，一边紧紧地握住了机舵。

飞行高度 2500 米……

螺旋桨安静的旋转声……

绝佳的飞行灵感……

我心中一惊，咽了口吐沫，瞠目而视——对方竟然是和我一模一样的陆上侦察机。机上貌似只有一人，看不清它的番号。

飞行高度 2500 米……

螺旋桨安静的旋转声……

绝佳的飞行灵感……

蓝天……

太阳……

云海……

"啊!"我惊呼出声。

我试图向左大幅度打舵闪避,与此同时,对方却露出了灰暗的左侧机腹,兜了个大圈向我迎面袭来。

我全身都渗出了冷汗。怎么会这样?我急忙向右避让。但对方就像在复制我的动作似的,右侧机腹闪着耀眼的光芒,向我直冲过来。

简直就像镜像一样……

我全身的神经都绷紧了。牙咬得咯咯直响。

这时,我的飞机仿佛陷入了气旋,摇摇晃晃地向前倾斜。这时,对方也同步向前倾斜。刹那间,我看到了对方的番号……竟然是T11……

这时,对方与我同时调整了两翼,向我猛冲过来。

我关闭引擎。

解开安全带。

脱出驾驶位。

在没打开降落伞的情况下,瞬间下坠一百多米。

对方同样没开降落伞,正以相同姿势如子弹一般飞速下坠……我看到了和我一模一样的脸……

无边无际的蓝天……

耀眼的太阳……

金灿灿的云海……

马路

东京的深夜……

我在俱乐部玩得筋疲力尽,正拖着沉重的步伐,独自低着头往家走。不远处忽然亮起一道光,我不由得抬起头来。

就在那一瞬……汽笛声大作,把我吓了一跳,急忙闪开。一辆汽车疾驰而过,搅起一阵烟尘……留下浓重的汽油味……我眼看着4444号车牌和红色的尾灯越来越小……

哎?那辆车的主人是不是人偶啊……侧脸也太标致了吧。虽然没看清她衣着如何,但她挽着油光可鉴的发髻、涂着厚厚的粉底坐在绿色灯光下,一对黑水晶似的眸子睁得溜圆,似笑非笑地和司机一同定定地目视着前方。那昂首挺胸的庄重坐姿真与人偶无异……我正这样想着,又有一辆车开了过来。

我立即转身观察。

这辆车的主人是一位戴着巴拿马草帽的绅士。他红光满面,身材发福,一副典型的富翁模样……两手却规规矩矩地放在膝上,挺胸抬头,笑着和司机一起凝视着前方,从我面前飞速驶过。车牌号是11111……

人偶人偶，刚才的绅士肯定是人偶……哎……真是怪了……

我正纳闷，又打量起了快开到我跟前的汽车，不由得呆住了。

这次是一个身披金线袈裟的和尚。这个人偶年纪很轻，气宇轩昂，仿若皇族……他闭目合十，飞速掠过。

我打了个寒噤。马路上一片寂静，夜晚繁星满天……

东京深夜诡异事件……只有我一人目睹……

我感觉有什么莫名恐怖的庞然大物正在向我逼近。于是我拔腿就跑，想要赶紧回家。

这时，两辆车从我的前方和后方向我悄然接近。

我和……

我梦中的……

婚礼那天的造型……

我落荒而逃。一直跑到俱乐部门口，瘫倒在门前的蹭鞋垫上。

"救命！"

医院

不知何时，我被关在一个牢固的铁笼里。有人给我穿上了细白布的病号服，缠上了绷带，把我捆成"大"字，扔在水泥地的中央。

……貌似这里是精神病院。

不过我并不惊讶,就这样默默躺着,暗自思忖。倘若这里是精神病院,再闹也无济于事,而且越闹越遭罪。现在已是深夜。这么大规模的一家医院竟然鸦雀无声。……不可喧哗,不可发怒。不不,也不许哭,不许笑。那样别人会更确信你是个疯子……

我在水泥地中间默默坐直了身子,把两手放在膝盖上,两眼微阖,凝视着铁笼上那一根根铁棍的底部,想要冷静一下……

果然,我很快就平静了下来。偌大的医院寂静无声……

就在这时,有人从我对面铁笼的另一侧款步而来。那好像是一个穿着白大褂的年轻男子,他像是在思索着什么,在走廊的木地板上慢慢向我走近。走廊比我坐着的水泥地高一尺。很快,他来到了我的笼子前,忽地站定,两手插兜,好像在目不转睛地俯视着我。他兼做拖鞋的鞋子在我眼前脚尖并拢,站在那一动不动。

我缓缓抬头。

首先映入眼帘的是膝盖处鼓包的条纹西裤和脏兮兮的白大褂……可是……这副打扮着实有些眼熟……我闭目思索片刻……心中豁然一惊。我瞪圆双目……仰视着那张脸。

那是一张我预料中的脸……面容苍白消瘦……头发乱糟

糟的……懒得理发……微垂的黑色眸子透着忧伤……活脱脱一个受难的耶稣基督……

那是我……那正是曾经在这家医院的医务局实习的我。

我的心怦怦乱跳,血脉偾张……而后渐渐平复下来。

飘浮在白大褂身后那巨大建筑物上的银河,又开始熠熠生辉。

……此时……我觉得一切问题都迎刃而解了。把我当作精神病人关进笼子里的,正是这个站在笼子外面穿着白大褂的我。一定是这个穿着白大褂的我由于过度研究自己的大脑,精神失常,把我当成了自己扔入牢笼。只要没有这个"穿着白大褂的我",我就不用被当成精神病人了。

想到这里,我顿时怒火中烧。我怒视着笼子外面的我,忘乎所以地嚷道:"……你来干什么……小子……"

喊声在医院里回响,产生了多重回声,最终消逝。但外面的我面不改色地把手插在白大褂的口袋里,依然以一种基督般的忧郁眼神俯视着我,用沉静、清朗的声音答道:"我来看看你。"

我更加怒不可遏:"……你没必要来看我。你这混蛋……快滚回去。好好研究工作去吧……"

耳边回响着我粗野的喊声,我不由得眼角一热……莫名其妙的……但外面的我却更加冷静了,薄唇浮起一丝冷笑。

"这样监视你,就是我的研究。你彻底疯癫那刻,就是我研究完成之时。……我看就要到时候了……"

"你小子……真不是人。你……你这混蛋把我……当……当玩具弄死吗……真,真,真是个冷酷无情的……"

"科学总是冷血的……哈哈……"

对方露出洁白的牙齿笑了起来,突然仰起头,仿佛长出了一口气……

我突然着魔般地站了起来,从笼子里伸出双手,抓着他白大褂的领子开始拉扯。

"……快……快放了我……把我从这笼子里……放出去……然后我们一起完成研究如何……喂……喂……求求你了……"

我不由得泪流满面,几行咸涩的泪水流入了我的喉咙。

然而,穿着白大褂的我既不抵抗,也不还手。一边被我拉扯着,一边痛苦地说:"……不……行……不……你是我……重要的研究材料……不能放你走。"

"什……什……你说什么……"

"要是……放了你……就做不成实验了……"

我的手不禁松了松,把他拉到自己跟前,死死地盯着他的脸,就像要盯出个洞似的。

"……你说什么!你再说一遍试试!"

"再说多少遍都一样。我得把你关在这个笼子里,让你彻底疯掉。我的学位论文将会阐述这个过程。这是对国家和社会有益的……"

"……好……随便你……"

话音未落,我揪住他那一头乱发,一拳打在他眼睛和鼻子中间。他的鼻血啪嗒啪嗒滴落。我铆足力气把他瘫软的身体往对面猛地一撞,在深夜的走廊制造出一声长长的巨响……咣当——

他像死了似的,一动不动。

"……哈哈哈……活该……啊哈哈哈。"

七束海藻

沉沉的天空下,横亘着一片阴郁的铅色大海。我静静地潜入其中。我接到了官厅的命令:去勘测装有金币的沉船——"欧拉斯"号的位置。

潜水服里的气压不断升高,我开始耳鸣。接着,咚咚的心跳声和杂音一同传到了我的头骨里。与此同时,周围似乎更加寂静了……

……远方仿佛传来寺院的钟声……

灰色的海藻碎片不断向上流去,灰色的鱼群紧随其后,齐齐消失在上方。

我的眼前越发晦暗了。

……终于，我来到了伸手不见五指的深度，很快，厚重的鞋底就轻轻地踏在了海底的泥土上。

我拽了拽信号绳，通知了海面上的队友。

接着，我借着潜水头盔上的头灯，缓缓跨出了脚步，迈过了一个又一个有着圆形坡度的灰色沙丘。

可是，过了许久，眼前依旧是同样的低矮圆形沙丘，别说船了，连个贝壳都没看见。……不仅如此，我走了一段路之后，周围不知何时亮起了隐隐约约的青白色光芒，仿若磷火一般……如同沙漠中的黄昏……又如同黄泉路上的景象……让人心生恐惧……毛骨悚然……

我静静地换了个方向，不然总有种不祥的预感——继续前行恐有不测。但还没等转过一半，我便惊异到动弹不得。

在我眼前出现了一群海藻，它们刚才不知何时出现在我身后，沿着无边无际、起起伏伏的沙丘，向我逼近。

……这群海藻……每一束都在五六尺到一丈之间，头部呈圆形，是马尾藻……一根细线从它们的根部伸出，连接着海底。它们时而并排，时而交叠，像墓碑一样耸立着。在青白色磷光的照耀下，漆黑的海藻格外显眼。……我数了数，一共有七束。

我目瞪口呆，心脏怦怦狂跳，缓缓退了两三步。

这时，从巨大海藻群离我最近的那一束之中，传来了人类的声音。

声音低沉沙哑："喂……"

我感觉全身的骨头仿佛都寸寸冰冻一样。此时，我虽然不知道这声音从何而来，却坚信自己遇到了可怕的妖怪，恐惧不已。于是我又往后挪了几步。然而在我右手边那束高八尺左右的海藻中，又传来了沙哑、疲惫的声音。

"……你是……来找金币的吧？"

我的心跳再次加速，而后又沉静了下来，不再躁动。我想，我肯定是被什么比妖怪还可怕的东西盯上了……

与此同时，离我最远的那束低矮的海藻中传来了女人悲伤温婉的声音："我们不是妖怪，我们是你要找的'欧拉斯'号船的船长夫妇……独生女……还有船舶驾驶员……以及三名水手的尸体。……刚才和你说话的是船长，我是他的妻子。请了解……对了，最先叫住你的是大副。"

"……请听我说。您听好了……我们三个人是'欧拉斯'号船长的伙伴。"另一个成熟沉静的声音说道。

"……那些人面兽心的船员把我们打死，装进麻袋里，用沥青和焦油涂抹固定，在脚上绑了重物，然后沉入了大海。"

"……"

"……然后呢……其他的家伙把船只的碎片撒在海面上

伪装成沉船现场,之后就不知所踪了。"

"……"

"……其中带头的那个混蛋还特意对家乡的警察说谎,做出一副只有自己逃出生天的嘴脸……到处和别人说船在这里沉没了……"

"真的,叔叔……那个人在爸爸妈妈面前把我掐死了。叔叔您清楚的吧?"

最后,从海藻中传来了船长女儿可爱而又悲伤的声音,应该是从七束海藻中那个最小的麻袋里传出来的吧……之后四周一片寂然,只余海水挟着阵阵呜咽,层层扑面而来。

我呆在当场,动弹不得,意识渐渐模糊,甚至连拉信号绳的力气都消失殆尽……

我就是那个罪魁祸首水手长……

……

……远方仿佛传来了寺院的钟声……

玻璃世界

这是一个纯粹由玻璃制成的世界。

河流和海洋自不用提,就连街道、房屋、桥梁、行道树、森林、山脉都如水晶般纯净通透。

我穿着滑冰鞋,顺着延伸向水平线的玻璃街道,从这风景的中心直穿而过……向着远方……向着远方……

有一幢大楼耸立在我身后极远之处，从外面可以看到，有间房浸泡在血泊之中。无论几次回首，依然历历可辨。隔着房屋，隔着桥梁，隔着行道树都清晰可见……因为所有物品都是玻璃制的……

我刚才在那间房间杀了一个女人。可是，有位名侦探在遥远的警察塔上四处巡视，他一看到有间房因为我的罪行变得血红，就立即穿上和我一样的滑冰鞋，从警察局出发了。他竭尽所能……如同离弦之箭一般向我径直奔来……

我见状则拼尽全力逃跑，如急去之矢，向着远处飞驰……

晴空之下……在这无限延伸着的璀璨玻璃马路上，追凶的侦探和逃亡的我都洞悉了彼此……无可遁形，令人窒息……

侦探渐渐提速。于是我拼命加快脚步……我抢先加速，貌似我们之间的距离在不断拉开……

我转身倒滑，伸出右手，把拇指放在鼻尖，向从远方追来的侦探表示嘲弄和侮辱之意。

远远就能看到侦探的脸涨得通红。他大概在咬牙切齿地表示不甘心吧。他像溺水者似的狂抡手臂，不顾一切地在玻璃马路上拼命滑行，看起来滑稽可笑……活该……我正这么琢磨着，又想可别疏忽间被他追上，便在恰当的时机改变了方向……却不料不知何时来到了地平线的尽头……脚下是一片虚无。

我吃了一惊,拼命试图站定,不想却摔在玻璃路面上。我试图用沾满鲜血的双手撑住自己。却没想到惯性如此之大,我的身体从地平线直直摔出,一头栽进了无限的空间。

我怒目切齿地在虚空中乱抓,手脚乱挥,然而所及之处却一片虚无。

这时,侦探的脸出现在笔直的地平线边缘。他看着直直下坠的我,露出了森森白齿:"明白了吗……把你这家伙从玻璃世界驱逐出去,才是我的目的。"

"……"

我这才得知自己中计,百念皆灰之下,我双手掩面,痛哭失声,在无限的空间中,无休止地坠落……

作者简介

梦野久作(1889—1936),福冈县人,日本著名小说家、科幻作家、侦探小说家、幻想文学作家。1922年以长篇童话《白发小僧》出道。梦野久作的作品想象奇异,常深入挖掘人性的阴暗面。代表作有《脑髓地狱》《二重心脏》《梦幻银河》等。

梦中杀人事件

浜尾四郎

"无论如何不能再这样下去了……要不然干脆把他干掉吧。"

藤次郎走在浅草公园的葫芦池畔,自言自语道。其实他只不过是发泄一下心中烦闷罢了,并非已经想好了要怎么做。可是要之助这个男人的存在就像一种难以言表的诅咒,再加上昨晚那令人作呕的事情,终于让他产生了这种想法。

大概一年前,藤次郎作为一名厨师住进了新宿的一家餐厅——N亭。

直到二十三岁的今天,他几乎没有游乐玩耍过。事实上,在那些同样在这种地方工作的青年中,藤次郎是难得的勤勉之人。他爱好读书,特别是有关学问或修养方面的书,他一有空就如饥似渴地阅读。

这位N亭餐厅的厨师藤次郎希望自己有朝一日能成为一名律师,在法庭上口若悬河。他本就没有时间上学,因此不得不自学的他从很早以前就开始通过某大学的讲义来学习法律。

如此认真的青年自然深得老板信任。因此,今天虽不是固定公休日,但他能得一天空闲在浅草公园散步也不是什么怪事。

然而,既不玩乐也不饮酒的藤次郎开始感受到真挚的爱情,也绝非不可思议之事。他也是人,还是个年轻人。

他喜欢的对象是差不多八个月以前开始在同一家餐厅工作的年轻女孩美代子。美代子在来 N 亭以前,已经在很多店工作过了。但像藤次郎这种踏实、有前途的厨师她还没有见过。

美代子来到 N 亭后不久,藤次郎就开始暗恋她了,而且还越陷越深。可他过了很久才向她表明心意。当然,谁都不会轻易表白的。但对他这种老实人来说,表达爱意尤其困难。

当他好不容易表明爱意时,觉得自己早就该说出来了。美代子给了他一个干脆利落的理想答复,让他欣喜若狂。他不想浪费和她待在一起的任何光阴,希望抓紧一切碎片时间和她聊天。他总是趁老板和其他女招待不在的时候和美代子说话。美代子则落落大方得多,即便有他人在场,也会明确地向藤次郎示好。这让藤次郎又喜又羞。

就这样,两个月的时间如梦般倏然流逝,两个人经历了许多恋人之间的甜蜜时刻。但藤次郎始终没有勇气越过最后一道防线,至少他自己是这么认为——没有机会。一旦找到机会,美代子就会完全属于他。他只是在等待一个时机。

然而,就在半年前左右,他的危机来临了——要之助出现了。

要之助是N亭老板家的远房亲戚,从乡下来店里帮忙的。无论在踏实程度上,还是在前途上,他几乎都和藤次郎不相上下。但若是论容貌,藤次郎却是远不及要之助。

藤次郎的容貌绝对算不上出众。老实说,当他向美代子表白的时候,最让他觉得底气不足的就是自己的长相。即便偏袒着说,他也算不上美男子。虽然不是很丑陋的男人,但也绝不英俊。

与之相反,要之助则是一个风采出众的美男子。浓眉大眼、鼻梁高挺,而且他鼻子的线条并不尖锐,皮肤白皙得不像是在乡下晒过太阳,双颊也很饱满,种种要素塑造了他英俊的脸庞。

要之助比藤次郎小两岁。因此,倘若藤次郎为要之助的仪表堂堂所触动,也不无道理,但不幸的是,事情并没有朝着这个方向发展。不如说,藤次郎第一次见到这个美男子的时候,就感到了某种不安。

这种预感果然成为了现实。比起令同性感到折服,要之助的美貌更能打动异性美代子的心。

他来到 N 亭两三天以后，藤次郎就已经看得出美代子对要之助十分殷勤了。要是只有这样倒也罢了，可是美代子的态度和以前全然不同，她毫不理睬藤次郎了。

藤次郎自然烦闷不已，焦虑极了。而且，他在痛苦中还一味指望着不可靠的念头进行自我安慰。他总想着要之助还年轻、不成熟，而自己则是个认真踏实的青年。

可是他的这种幻想忽然就落空了。要之助还年轻，稚气且执着得要命。生平第一次迷上了都市女郎（至少要之助和藤次郎觉得她很美）的要之助，不久就沦陷于她的妩媚之中，表现出了非常积极的态度。

就这样，藤次郎度过了烦恼的数月。他自是想方设法要挽回美代子的心，可结果却不尽人意。

但他从自己的心意，以及过去美代子对自己的态度来看，无法相信他们之间已经结束了。他也不愿意相信。然而最近发生了一件事，彻底动摇了他的想法。

那是大约一周前的一个深夜。藤次郎白天的工作总是很劳累，最近无心读书，总是睡得很死。那天凌晨两点左右，他突然肚子痛醒了。

他半梦半醒地在床上挣扎了一阵，清醒过来以后匆忙冲进了厕所。这种情况下，谁都会在厕所待得久一些。解完手以后，他终于舒了口气准备离开。

这时，从二楼传来有人轻轻下楼的脚步声。那人下来以后，从藤次郎所在的厕所旁边经过，然后拉开了藤次郎卧房的拉门。

此时藤次郎才想起来，方才他醒来的时候，本应睡在旁边的要之助并不在床上。

藤次郎回到房间睡觉的时候，要之助已经躺下了。藤次郎摸着消停下来的肚子，第一次有种"这家伙又装傻"的感觉。

这位睡在藤次郎身旁的美少年患有一种不幸的疾病——梦游症。要之助以前在老家的时候，曾经在半夜突然用木棒打向睡在旁边的父亲，而他被叫醒以后却对自己所做的事情一无所知。据说那天晚上他曾经去看了一场外地剧团的武戏巡演。当然，以前他也梦游过几次，但像这么暴力的事情还是第一次发生，从那以后，家里就提高了警惕，决定在他的卧房里不可以放任何危险物品。

要之助来N亭的时候，老板就把这件事告诉了藤次郎，但藤次郎此前还没见过要之助的梦游状态。

夜半时分，老板听见自来水一直在哗哗流淌，出来一瞧，发现迷迷糊糊的要之助正在洗脚。老板狠狠地打醒了他，才发现原来他完全是在梦游。

藤次郎当时也在场，还和老板一起打了要之助。

藤次郎躺在床上回想起当时的情景。然而，下一刻他又听到有人下楼的脚步声,脚步声停在了厕所旁边。当他听见厕所门"咣当"一声被打开的时候,突然产生了奇妙的幻想。

开门的声音再次传来,藤次郎还以为那人会直接回二楼去,却没想到对方来到了自己卧室门口。接下来是一阵静默。外面的人似乎在窥视房间里面的情况。

藤次郎瞥了一眼要之助。要之助背对着他躺着,貌似睡熟了。这时,外面突然有人低声唤道:"阿要!阿要!"藤次郎吃了一惊——那是美代子的声音。

可是要之助依然动都没动。

美代子又在门外说:"原来阿要已经睡了呀。"话音刚落,就响起了离开的脚步声,回二楼去了。

藤次郎忍耐着还在隐隐作痛的肚子,盯着天花板看了一会儿,然后朝着要之助那边"喂喂"地唤了几声。也不知道要之助此时是否真睡着了,反正他闭着眼睛,一副浑然不觉的模样。

若是此时要之助回应了藤次郎,或者藤次郎把要之助叫醒的话,两人之间自然会发生对话,那样的话,或许两人中就不会有人失去生命了。可是要之助依然没有睁开眼睛,藤次郎也就没再去叫他起来。

翌日,藤次郎腹痛,躺了一整天。

比起腹痛,他心里更难受,感觉所有事情都变得一团糟了。

他在心里揣测着一些事情。对藤次郎来说，美代子和他住在同一屋檐下，而且她和另一个女招待住在同一间屋子里，要之助是不可能潜入她的房间的。

他决心查明真相，可是之后什么都没发生。虽然藤次郎下定了决心，但他总是很快就陷入了深度睡眠。

然而，昨晚发生的事已经让人无话可说了。

夜半时分，藤次郎忽然醒了。

有人"啪"的一声关掉了他头顶上一直亮着的十二盏灯。或许是因为房内突然由亮变暗，他才醒了过来。

藤次郎清晰地听到要之助说道："什么嘛，河童先生睡得跟猪一样。"同时还听见了什么人的窃笑声。

秋阳呆呆，藤次郎怒火中烧，走在浅草公园的池边。

一切如鲠在喉。而且还特意……

没想到看起来连虫子都不敢杀的要之助竟然会讲出那样厚颜无耻的话。这俩人真是够差劲的。他真是个伪善的家伙啊。看他一本正经、老实巴交的样子，不过是勾引女人的手段罢了。谁知道他在乡下的时候都做了什么。

想到这里，藤次郎感觉自己像踩到了一只蜈蚣一样恶心。

早上，藤次郎借口说要带从家乡来的朋友游览东京，得了一天的空闲。他本想把昨晚的事情一股脑地告诉老板，但他转念一想，这样做对自己也没什么好处。倘若他能通过别的方法让要之助离开这里的话，局面或许会为之一变，因此他什么也没说。

昨晚他几乎彻夜难眠，翘班一天的他本想在草地上度过秋日的一天，可最终还是去了常去散心的公园，还打算去电影院看看。

他早上没食欲，没吃早饭就出来了，这会儿莫名地感到饿了。

藤次郎不是很想去餐馆吃，于是他来到池塘拐角处卖煮鸡蛋的小铺，买了四个鸡蛋放进袖兜里，打算边看电影边吃。

买完鸡蛋以后，他悠闲地踱着步，却只见人山人海。定睛一看，只见一个身穿百衲衣的和尚把人力车立在一边，正拼命地讲着什么。他偶然停下脚步听了听，本以为是宗教的话题，结果忽听到和尚说："可是现在内阁……"藤次郎莫名失了兴趣，向着人群走去。他现在对什么话题都不感兴趣，但无论面对什么话题，他都试着努力激发自己的兴趣。

前方的人群中站着一个戴着制服帽子的大学生模样的男子，只见他手里拿着一本书，正滔滔不绝地讲着什么。

"恐怕各位认为这种事极为少见吧，真这么想就太愚蠢了。你们把法律当作医生开的药，这可不好办。药物是生病以后才需要的，而法律并非如此。你们一刻都离不开法律。比方说，你们知道交给房东的押金是什么性质的东西吗？好了,或许有人知道吧。那么,你们当中也有人是房东吧?你们知道消费押金的正确程度吗?你们今天都是乘坐电车、公共汽车或出租车过来的吧?你们知道乘坐电车买票是怎么回事吗?"

那个看起来像大学生的男子正在谈论法律。

藤次郎心想,法律的话我也懂,于是开始听那人讲话。

"本来电车的车票是单程七分钱,这是认可乘客乘坐电车的权利的一种标志,你们明白吗?本书第一百二十八页有大审院的判例,详细说明了这一点。我来问问乘出租车来的各位,万一半路上出租车不走了你们怎么办?有些坏心眼的司机不愿意从新宿开到这里,就在本乡附近谎称车坏了,让你们下车。前几天就有人遇到这种事来找我咨询过。我当即翻开本书第三百零一页给他看。瞧,这里明明白白地写着呢。尽管法律知识是必要的,但是很多人都感觉不到,这实在是令人费解的事实。不懂法律过日子,就像夜里走山路没有灯一样。

然而你们各位可能会说,这些都只是民法的规定,对正直的人来说,刑法之类的知识是没有必要的。这样说就很为难了。无论多么正直的人,都需要这些知识。举个例子吧,倘若你们当中有疯子——失礼了,你们当中当然没有,正因为没有,你们才能这样安静地听我讲话。然而,各位,世上没有比傻子和疯子更可怕的人了，现在我在这讲话的时候，如果有疯子突然拔刀砍来该怎么办呢？能逃走自然没事，但你根本来不及反应。当下要反击还是被砍，这不是很明显吗？当然，可能有人会说反击就行了，那可不可以把他打死呢？听好，请您考虑清楚，对方是个疯子。我国的法律自不消说，在大部分国家疯子都是不用承担任何刑事责任的。就算疯子杀了人，也一定会被判无罪。问题是，面对这种疯狂的行为，正当防卫是否成立呢？刑法上只写着'急迫的不正当侵害'，此外并无详细说明。有关这一点可谓众说纷纭，但大体上都是积极说法。我不知道你们是否也有相同的结论，但你们明白其中的缘由吗？再换个例子，如果出现了疯狗怎么办？你们当然会扑杀它。在这种情况下，这算是正当防卫吗？本来对于动物……"

听到这里的时候，藤次郎感到右边的男人轻轻碰了他一下。奇怪之下，他把手伸进右边的袖兜里一探，刚买的日式手袋不见了。藤次郎急忙用手摸了摸钱包——钱包被他用细绳挂在脖子上，别在腰带里了。他摸到钱包还在就放心了，可是右边的男人早已不知去向。他被偷走了一包香烟，感觉真是太糟糕了。

他不再关注这位马路上的法律专家，在池畔闲逛了一圈，走进了一家名为"××馆"的电影院。

他坐下来开始吃鸡蛋,影院里正放映着外国的喜剧。

他一大早就因不愉快的事情而烦恼不已,此时看着银幕上飞速掠过的画面,暂时忘却了心中的烦恼。喜剧播放完毕后,又开始放映下一部电影,他看得入了迷。

这是一部犯罪影片。有个邪恶的学者(旁白说他是一位博士)为了侵吞财产,要谋杀伯爵夫人。虽说是伯爵夫人,但由于故事发生在法国,所以她不是伯爵的妻子,并没有丈夫。藤次郎也不明白,为什么那个女人死了,财产就会转移给博士,但这些都无关紧要。在这部电影中,有趣的是那个博士谋杀伯爵夫人的方法,他并没有亲自动手。这里出现了一个英俊的男青年,博士催眠了他。于是这个英俊的男人受心理暗示的影响,在某个深夜的梦游状态中杀死了自己的情人——伯爵夫人。

屏幕上是时钟的特写,不到两点零五分。

"那天晚上两点左右,他突然跳了起来。半梦半醒中走向伯爵夫人的房间,从门上的钥匙孔往外看的话……"

随着旁白的讲解,电影到了高潮部分。青年的扮演者惟妙惟肖地演绎了角色在梦游状态走出房间的情景。与旁白说的稍有不同,他轻轻地敲了敲伯爵夫人的卧室门。夫人听到恋人的声音便开了门。男人突然扑过去勒死了她。这一段剧情极为惊险。藤次郎紧紧地攥着空了的包装袋,聚精会神地看着电影。

之后,名侦探查明博士才是真凶。博士得知自己被通缉,当即开车逃跑了,最终因为无路可逃而自杀。青年被判无罪,还成了百万富翁。电影的后半部分无聊至极。

但藤次郎却一口气看完了这部电影。

他离开电影院的时候已经是晚上了。平时他都会去其他地方转转,而今天他却不知为何走到田原町乘上了电车。

藤次郎买票的时候,并没有考虑这在法律上有什么意义。他脑海里浮现出刚才看过的电影,特别是青年从房间悄悄溜走的情节。

当电车行驶到四谷见附的时候,在他脑海中盘旋的完全是其他的事情。

"要是疯子拔刀怎么办?打死他也不犯法吗?"那位法律专家的话又浮现在他脑海中。

那天晚上他回去以后,拿出之前的讲义,反复研读到深夜,讲义里的几行字始终在眼前挥之不去:

"正当防卫是抵御不正当侵害的必要行为。而不正当则意味着这种侵害在法律上是不被允许的。因此,只要能客观认定不正当性即可。对于无责任能力人的行为以及无犯罪故意的行为,正当防卫同样成立。"

第二天开始,藤次郎完全沉浸在杀人的谋划中。前一天他念叨着"要不然干脆把他干掉"的时候,尚无任何准备,但犯罪的种子早已在脑海中发芽了。

藤次郎是认真的、顽固的,可不幸的是,这些都没有阻止他成为一个罪犯。毕竟也不能说因为他多少懂点法律就不会犯罪。

但最不幸的是,藤次郎无论如何都放弃不了这个极幼稚的念头——只要要之助不在了,美代子就会重新垂青自己。

如何杀死要之助呢?又如何逃脱法律的制裁呢?除此以外都不成问题。只要解决这两个问题,自然能成功和美代子恋爱了。

他脑中灵光一闪。

据他所知,对无责任能力人的正当防卫也是成立的。他也知道,要之助患有严重的梦游症。梦游症患者在发病期间也是可能犯罪的。他已经在银幕上清晰地看到了犯罪的情景(不过这段电影情节和梦游症稍有不同)。

藤次郎会如何把他的法律知识和电影给他留下的印象与想要实施的犯罪行为联系在一起呢?想必读者已经猜到了。

几天后,他在脑海中形成了一个计划。

大约是一周后的某个傍晚,藤次郎再次出现在浅草,这次是要之助和他一起来的。那天是要之助的休息日,于是藤次郎对老板撒了谎,自己也在傍晚出了门。他很顺利地把要之助带到了浅草，接下来一切必须按计划进行。

两人站在人来人往的池边，藤次郎忽然在一个地摊前停下了脚步，那里摆放着许多原色木刀鞘的短刀。藤次郎买了一把。

"你看，这把刀很锋利呢。我有个朋友最近刚从老家来东京，说是想要一把短刀防身。我打算明天给他送过去，你觉得这刀手感怎么样？"

藤次郎说着，把短刀递给了要之助。

要之助竟然也挺感兴趣，边看边答道："嗯，这刀很不错呢。无论人还是动物，一刀就能了结。"

藤次郎又谎称受朋友之托，去另一家店买了一个大的铁质镇纸。按他的计划，这个镇纸是用来杀人的。

藤次郎一边看着电影剧照，一边尽可能地找寻那种杀气腾腾的画面。最后，他把要之助带到了某家专门放映日本电影的电影院。

他预判成功了。

这里播放的几乎都是武打电影，尤其那部由著名演员主演的电影，里面有一个杀人狂的角色，在整部电影中连劈带刺地杀了几十个人。

每当刀光一闪，镜头给凶手那杀气腾腾的表情一个特写的时候，藤次郎都会瞥一眼要之助的侧脸。

要之助正聚精会神地看着屏幕上的杀人场面。

"接着杀，接着砍！"藤次郎在心中叫道。

要之助可能也是这么想的吧，可以这样推测，因为他也是热情的观众之一。

他们回到 N 亭的时候已经是晚上十一点左右了。

事到如今，再对藤次郎的计划进行解读的话，或许对读者来说有点多此一举，但还是要先说明一番。

藤次郎企图以正当防卫为借口杀死要之助。而迄今为止许多人都知道要之助在梦游症发作的时候被袭击过。现在，要之助在 N 亭的房间（藤次郎和要之助的寝室）里并没有任何危险物品。而且，要之助来这里刚半年就屡屡梦游，还有一次被藤次郎看到了。

所以那天晚上，就算要之助突然发病也不足为奇。如果要之助突然砍向睡在一旁的藤次郎也不无可能。

只是房里一直没有放什么可以用来砍人的东西。因此，藤次郎才买了把短刀。

厨房里的菜刀的话，恐怕要之助已经看惯了，留不下什么深刻印象。因此，藤次郎特地买了一把短刀，为了给要之助留下清晰的印象，还几次三番地拿给他把玩。

此外，那天晚上还让他看了足够多的暴力电影作为诱因。要之助看得很起劲。

藤次郎不是医生，也想不出更好的办法了，他相信这已经足够了。

他已经和要之助讲过了之所以买短刀的理由，理由是他胡编的，只要查一下他老家的朋友就立刻露馅。但他只对要之助一个人说过。如果要之助被杀，他在接受调查的时候只要说出来理由就可以了，而买镇纸的理由也一样。

为了证明两人在电影院看过武打电影，藤次郎小心翼翼地拿回了两张海报。而为了尽可能清楚地证明他们当晚确实在电影院，他把几部武打电影的场景和情节都记得清清楚楚，甚至哪部电影是几点开始的，几点结束的，他都看表确认过。各位读者很快就能明白，这最后的小伎俩其实是很拙劣的。

他打算在睡觉的时候故意把短刀放在旁边的柜子里，然后敞着柜门。必须得让要之助看得很清楚才行。

深夜两点左右，藤次郎就会起床取出短刀，在自己咽喉附近轻轻割两下，随后把刀柄擦干净（这当然是为了不让人识破自己是最后的使用者），塞在睡在一边的要之助的右手中。藤次郎知道要之助不是左撇子。藤次郎不会在要之助熟睡的时候这么做，他打算摇晃一下要之助，或许等对方睡眼惺忪的时候反而会更顺利。

等要之助握住刀柄的时候，藤次郎再不失时机地用铁质镇纸给予致命一击。

胜负就在一瞬间，要之助必死无疑。接着藤次郎会发出一声在搏斗中的哀哼，然后把要之助的尸体放在适当的位置。这样一来，他就成功实施了一起谋杀，还可以免于处罚。

他的陈述会相当简单，他打算对办案人员这样说：

"半夜的时候，我感到喉咙那里凉飕飕的，接着又感到一阵刺痛。睁眼一看，要之助就像饿鬼一样，手里拿着寒光闪闪的刀，正骑在我身上。房间的灯亮着，所以我看得很清楚。我被压得动弹不得，也来不及逃跑，还以为下一刻自己就要被杀了。这时我下意识地伸出右手，摸索到了一个硬物，于是就用它狠狠地砸了要之助的脸。他'啊'地一声倒在了的上。我就赶紧喊人来了。"

检察官会相信他这套言辞吗？当然会采信。那么接下来，老板和其他人就会介绍要之助平时的情况。

藤次郎不由自主地微笑起来，心想，这真是一个绝妙的计划。

终于到了该就寝的时候了。藤次郎按计划当着要之助的面把短刀收进了柜子里，接下来就是睡觉了。

要之助露出英俊的侧脸，貌似很快就睡着了。藤次郎目不转睛地看着他——如此俊美矫健的肉体真是自然的恩赐。但藤次郎绝不可能对同性的美产生好感。事到如今，他只会诅咒要之助的脸。

现在是夜里十二点半到一点之间,已经是夜半时分,但他似乎还没完全静下心来。

藤次郎必须要和强烈的睡意做斗争——一个身体健康的人在这个时间不可能不犯困。

他一开始就很紧张,到了半夜两点左右,愈加紧张起来。

不知不觉间,藤次郎恍恍惚惚地做了一个怪梦。

要之助不知何时站了起来,手里闪着寒光。没等藤次郎反应过来,要之助就走近了。下一刻,要之助的脸就像电影里的特写镜头一样,逼近藤次郎。

他突然感觉自己颈部一凉。他想尖叫出声——这不是梦!说时迟那时快,藤次郎感到喉咙附近有种难以言说的灼烧般的疼痛,同时,他永远地失去了意识。

要之助当晚就被捕了。

他对警察供述称,根本不记得自己杀了藤次郎。

在检察官面前,他也坚持了自己的主张。若是他杀了藤次郎,那也完全是在睡眠中发生的。他的梦游症至今仍会频频发作,尤其在老家的时候,他还曾用木棒打过父亲的头。

N亭的老板为他做了证。

要之助所用的短刀和旁边的镇纸,都是N亭老板不知道的东西。不仅如此,老板还说,那间房里原本应该没有这种危险的东西。

幸好浅草的商人们还记得要之助来买过东西。他们肯定地说，短刀和镇纸都是前一天晚上卖给和要之助在一起的那个男人的。看到受害人的照片以后，两名商人确认了买家就是这个人。

凶器的来源、买家以及其在场的原因都被查明了。

要之助在供词中供，自己和死者在前一天晚上一起看了电影，这一点得到了专业人士的认可。很显然，他们看了非常暴力的电影。要之助就像藤次郎在犯罪计划中设想的那样，把当晚电影的情节详细地描述了出来。

当然，他犯案当时的精神状态还有待专家鉴定。正如要之助所供认的那样，他的杀人行为可能完全是无意识的行动。

预审法官认为该案件不应该移交公审。最终，要之助被释放了。

事情仅此而已。

不过，要之助果真是因为梦游症发作才杀害了藤次郎吗？还有其他的可能性吗？

鉴定自然是非常慎重地进行的。

但这是绝对的真相吗？不会搞错吗？

此外，倘若这是杀人事件的话，想必检察官和法官都很难解释其动机，因为他们是法律专家，身负司法之职，因此在这种情况下，就必须对杀人动机加以说明。

× × × ×

而对于既不是医生,又不是法律专家的人,就没必要对这个鉴定深信不疑,也没必要证明其动机。

要之助是在完全睡眠状态下杀死藤次郎的吗?

他有杀人动机吗?比方说,若是要之助……不,除此以外,或许交给读者自由想象才是正确的。

作者简介

浜尾四郎(1896—1935),日本推理文学发展初期的主要作家,以法律型侦探小说闻名于世,贵族出身,1925年袭封子爵,曾任检察官和律师。擅长描写纠葛的人际关系和背景复杂的犯罪成因,并以缜密的逻辑思考逐步解开谜团,成就一篇篇曲折至极且充分显现人性黑暗和法律盲点的精彩小说。1935年因脑出血骤逝,代表作有《杀人鬼》《铁锁杀人事件》《平家杀人事件》等。

梦鬼

兰郁二郎

一

在一座偏僻的村头小山上，不知何时搭起了一座悬挂着许多华丽帷幕的马戏棚，名为"远东马戏团"。村里的男女老少都很喜爱马戏团热闹的乐队演奏以及空气中的阵阵笛声，常常去享受鲜明的色彩和音乐节奏所带来的快乐。不久，马戏团就辗转去了其他地方，但天上白色的流云突然让我想起了那时候少年和少女吊在空中的肢体。

在这华丽的氛围中，同样存在着琐碎的"烦恼"。

"蠢货！这点事都做不好吗？真是笨蛋！"

师父一边用手里的皮鞭猛抽地板，一边睨视着黑吉，用粗话大声斥责着。

可怜的少年黑吉吓得不知所措："对不起，对不起！"

他咕哝着搓了搓自己穿着破破烂烂的肉色紧身衣的肩膀，继续笨拙地在冰冷的地板上反复训练倒立。

饥饿、恐惧、痛苦、寒冷以及其他成员的嘲笑都是家常便饭，这些事紧紧压迫着黑吉，让他不由得眼泪簌簌，泪水滴落在粗糙的地板上，留下斑驳的印迹，又悄无声息地渗了进去。

这里就是远东马戏团的后台。

这位正在倒立的、笨手笨脚的黑吉，是这里的少年演员。

他叫鸦黑吉。但这是舞台上的艺名还是真名呢？从字面上看，恐怕是师父随便取的名字，但如果是真名的话，他自己自不用提，怕是就连他师父也不太清楚。

黑吉本身的记忆十分模糊，可悲的是，他清晰的记忆是从马戏团一角的衣柜里开始的。

从他记事起，周围总是充斥着悲壮的乐队声，浓艳的服装以及服装上沾染的廉价香粉味和肉色紧身衣上的汗臭混杂在一起，点缀了他的记忆。

在这种颓废的气氛中，成员之间无休止的矛盾以及华美表面下的灰暗氛围，强行将"明朗"从黑吉年幼的心中不着痕迹地抽走。少年的心中只剩下阴郁，就像不能见光的虫子一样，开始从异样的角度看待世界。

在他闲暇的时候，常常待在后台那圆木和粗草绳纵横交错的昏暗角落里，恍恍惚惚地想着什么，忧郁得不似一个少年，反而有点阴柔。

显然，黑吉很害怕同龄的少年叫他过去。

不过，这只是他的担心而已。

其他的少年演员谁都不想和这个愁眉苦脸、技艺不精、不得师父喜爱的黑吉一起玩（或许也有对那位恐怖团长的顾虑吧），即使黑吉主动和他们搭话，也绝对不会得到满意的回应。

结果，黑吉就甘之如饴地被独自遗忘在马戏棚的角落——那片唯一留给他的绿洲，沉浸在他百无聊赖的"幻想"之中。

忧郁的少年黑吉在想些什么呢？

在这之前，必须得先说说他为什么不受师父待见。

因为这对他忧郁性格的形成影响很大。

无论怎么看，黑吉都不是师父的"爱徒"。当然，他技艺不佳、笨手笨脚也是原因之一，但主要原因却来自先天的不幸——他丑陋的容貌。

男子的容貌竟能如此虐心吗……

无论如何，对于在舞台上谋生活的人来说，长相的美丑至关重要。同龄的可爱少年如果在舞台上摔了一跤，观众们就会说:"啊……真可怜……哎呀,他脸红了,正看着这边呢,就像正美一样呢。"就这样,可爱的美少年反而因为失误受到了观众的欢迎。与之相反,倘若模样丑陋的黑吉在舞台上发生了同样的失误,观众们只会大肆嘲笑这个笨拙的少年是多么的不熟练。

可想而知,受尽观众嘲笑的黑吉在师父的眼中是一个多么愚蠢、没用的人。因此,师父会怎么对待他也就不言自明了。

"我技术不好。"

"我是个难看的男孩。"

黑吉在昏暗的马戏棚角落里孤零零地沉思着,在他幼小的心中,没有愉快的幻想,只有这两种成人般的烦恼肆虐不休。

在他心中,少年式的撒娇任性的情绪郁积于内,这除了让他更为阴郁之外,没有任何作用。在他冰冷的胸膛里,还热着的,唯有眼泪而已。

被困在这种氛围里的鸦黑吉是不可能正常成长的——他长成了一个拥有苍白扭曲心理的少年。

一般来说,像他这么大的少年或少女应该正在上小学呢。可是,对黑吉来说,那样优越的生活简直不可想象。

黑吉此时已经开始用异样的眼光看待同龄的少年了。

虽然没有什么明显的不同,但他在被女孩欺负的时候并没有感到像被男孩辱骂时那样气愤。反而……

"干脆动手打我吧……"

他会感到一种莫名的喜悦。

这是怎么回事呢？黑吉渐渐看清了事情的真相。

在颓废的马戏团后台，弥漫着廉价的香粉味和汗臭味，单薄而艳丽的服装像抹布一样被丢得到处都是。这个阴郁少年在他人的侮辱中长大，在他那"扭曲的心灵"中，燃起了对早熟女孩不可思议的迷恋。

之后发生了一件更加轰动的事情。

那天，马戏棚已经搭建完毕，第二天就要开始演出了。

团长依旧一脸严肃地监督着马戏棚的搭建工作，工作完成后，他露出一副"完成了一项重要工作"的表情，然后就和其他几个要好的管事一起出去玩了。

见团长出去玩以后，其他年长的演员和乐队负责人也开始放松起来，他们一边闲谈一边放声大笑。而小丑的扮演者仙次则摆弄着自己的小丑演出服说道："喂，老板走了，咱们也走吧？"

他们不谋而合地骤然高声说道：

"嗯，偶尔也得去喝一杯……"

"还偶尔呢，明天就演出了，能行吗？"

"什么——嘛，稍微喝点才有动力啊，你要是不想去就别去。"

"才没有，我想去。"

"哈哈哈，吵死啦！"

兴高采烈的演员们叽叽喳喳地聊着天，急急忙忙收拾了一下就往镇子去了。

不知何时，这间空荡荡的马戏棚里就只剩下负责管理坐垫的源二郎爷爷和少年演员们了。少年演员被禁止外出——这当然是为了防止他们逃跑。负责监视他们的源二郎老爷爷虽然已经上了年纪，以前却也曾是这个马戏团的顶梁柱。

所以，少年们就只能在棚里随便玩玩了。

男孩们玩在一处，在舞台上跑来跑去；女孩们文文静静地跳着绳。而黑吉依然在马戏棚的角落里，孤单一人。

然而，不知从何时起，黑吉的视线开始凝聚在一处。

这个忧郁的少年在拼命地看什么呢？

如果是了解他平时状态的人，看到他这个样子一定会大吃一惊。要是不经意顺着少年的视线一瞧，或许会突然移开视线。

黑吉眼前恰好是那群衣着简单、跳着绳的少女演员们。而他看的并不是这些。少女们跃过绳子以后，裙摆在落地的瞬间被风吹乱——黑吉看的是她们雪白的腿部。

十岁左右的少年会屏息凝神地看这些吗？

如此想来，在感到极为不适之前，会令人觉得汗毛倒竖，有些恐怖。

但，不仅如此。

二

这个忧郁少年的内心被彻底动摇了，那些"饱满又雪白的腿"在他的脑海中搅起了巨大的漩涡。

不久，他心中的漩涡终于平息下来，其中浮现出的，是剧团里的台柱子——贵志田叶子的脸。

可是，此时黑吉却感到一种被猛然打倒般的强烈不快。

"就算我再想和叶子一起玩也没用。我的技术那么差，叶子那么漂亮，怎么会和我这种丑孩子一起玩呢……"

但对叶子小姐的狂热迷恋已经深深烙在了他的心底，根本不会被这点小想法动摇。他是如此焦躁，甚至到了越想着"不可以"越想大喊出声的程度。

从此，他的举止开始渐渐发生变化。如果你仔细观察就会发现，依然孤单地待在马戏棚一角的黑吉眼中开始出现奇特的光芒，而这时他的眼中一定是年轻的当红演员叶子在可爱地跑来跑去。

叶子和黑吉一样,都是十岁左右,但她长得漂亮,技艺也精湛,像自由的小鸟一样开朗,就连那位难以取悦的团长都十分欣赏她。在这个阴暗的马戏团里,好像只有她看起来十分幸福。

当然,她没有注意到那个阴沉、丑陋的黑吉正凝视着她的一举一动。

她对自己不屑一顾的态度让黑吉很伤脑筋。

"请过来一下。"要是能这样搭上话该多好啊!

可是,会不会被她说"真邋遢啊,最讨厌你这种人了"呢?别说和她搭讪了,就连她无意间看这边一眼,黑吉都怀疑她在嘲笑自己,顿时觉得血气倒涌,于是不动声色地垂下了眼睛。

黑吉明白自己这种扭曲的情感,但他却无论如何都摆脱不了对叶子的爱慕。

记得当时乐队演奏完一曲热闹的《大和进行曲》之后,接着演奏起了《喀秋莎》。当长笛纤细的声音消失于苍穹的间歇,响起了让演员们忐忑不安的守门人干巴巴的报幕声。

"下面出场的是叶子小姐!"

"哎呀,已经到我啦,真是忙叨叨的呢。"

"快点,快点!"

叶子匆匆咬了一口仙贝，跑出了服装间。

此时黑吉恰好路过，一瞥之下，鬼使神差地把叶子没吃完的仙贝悄悄地拿走了，如获至宝。

黑吉悄悄地拿走叶子没吃完的仙贝以后，若无其事地从边抹着浓妆边忙碌交谈的演员中穿过，来到了坐垫堆积如山的马戏棚一角。

根据经验黑吉知道，演出开始以后很少会有人来这个地方。

尽管如此，他还是在仔细确认了周围没人以后，偷偷弯下腰，钻进了堆得快要倒下来的坐垫之间。

这个空隙虽然非常狭窄，却异常有弹性，就像某个让他眷恋的东西一般。黑吉品味着难得的平静，同时拿起那半片仙贝轻轻放在手掌上，就像在端详珍贵的宝石一样。

"这就是叶子小姐吃过的东西呀。"

想到这里，他不由得表情一松，感到十分喜悦。……他想将它妥善收藏……紧紧拥抱着……

黑吉充分品味了一番幸福的感觉，再次借着昏暗的光线打量着手里的仙贝。

"喂，干吗呢，小子？"

黑吉缓过神来，发现源二郎爷爷正在这堆坐垫对面怒气冲冲地看着自己。

"该你上场了，再磨磨蹭蹭你可就要倒霉了！"

"嗯。"

黑吉瞬间想起了师父的脸，"腾"的一下跳了起来。他把黏糊糊的手心在肉色紧身衣上蹭了蹭，急忙跑向了后台。

黑吉按照要求做着各种表演，脑海中想的却都是有关叶子的事情。

"哪怕只有一次，真想和叶子小姐好好说说话呀。"

这是他扭曲心灵中所萌生的唯一的希冀。

如果他是一个更开朗、更普通的孩子，肯定很容易就能和同一间马戏棚的叶子说上话。

然而，黑吉却只是一个极为阴沉、乖僻的少年。他之所以如此，是所处的黑暗环境所导致的。

当他对早熟的叶子迷恋得无法自拔时，他发觉那半块仙贝已经让他销魂不已。

发现了这样的发泄口以后，他的心自然不可能满足于此——心绪反而如同海啸一样向发泄口涌来。

他也曾趁着四下无人，悄悄潜入服装间，找到叶子的头发,用白纸包好,随手拿起一支铅笔在上面写下"叶子的头发"。在他磕磕绊绊地写下这几个东倒西歪的字以后,用手轻轻摩挲了一下,然后把纸包深深地揣在了怀中……

可想而知,他这种出于仰慕的恶习之后愈演愈烈,叶子的私人物品屡屡丢失。

虽说叶子丢了些东西,但马戏团的少女终究没什么贵重的物品,所以丢的只不过是诸如一只磨坏了的、被踩得油光发亮的木屐,又或者是用过的竹牙签之类的东西罢了。因此,叶子自己也丝毫不会感到"物品被盗"。这对黑吉来说,简直是莫大的幸事。可以想见,这些"没用的遗失物品"对他来说是多么的宝贵。

至此,在少年黑吉心中发酵的,只有他单方面寂寞而执拗的爱恋而已。

而叶子即将以暴风雨为伴奏,英姿飒爽地登上现实的舞台。

××××

从一个城镇到另一个城镇,从一个繁华闹市到另一个繁华闹市,远东马戏团辗转各处,取悦着人们。

有一天,他们在某个乡村小镇租了场地,刚搭完马戏棚就突然变了天,可怖的大风裹着滂沱大雨骤然拍下,瞬间暴雨如注。

团长等人早就去客栈休息了,然而由于经费的关系,少年演员和低级演员常常被安排住在马戏棚里。孩子们都觉得这是理所应当的，而且团长不在的话，他们反而更快活些。

不过，这间匆匆搭建起来的马戏棚不可能在这场狂风暴雨中安然无恙。他们到处躲避着屋顶的漏雨，最后都聚在了后台的角落里。等他们躺下休息的时候，已经是深夜了。

黑吉闭上眼睛听着外面的雨声，雨势貌似终于变小了。从他旁边传来了安静的鼾声。

与此同时，黑吉觉得心中一动。

"睡在我旁边的，是不是叶子小姐呢……"

瞬间，黑吉感到自己的头脑一片清明。

"睡在我旁边的果然是叶子小姐吧。"

当然，这可能仅仅是他的第六感，或者是模糊的直觉。在避雨的混乱后，大家都横七竖八地睡着了，叶子睡在他身边也不是不可能。

这样一想，他顿时觉得和身边人挨着的肩膀附近有种热腾腾的感觉。同时，心中的悸动也在不断增强。

黑吉产生了一种想要果断起身一探究竟的冲动。虽然周围一片漆黑，但只要仔细看的话，还是可以分辨长相的。

他轻轻地把手放在了薄薄的被子边缘，结果——

"等等，如果是叶子小姐的话，就再好不过了。可是，大家躺得这么拥挤,如果我起来的话,可能会把她吵醒的。"

"如果那样的话,她醒了见我偷看她,一定会满脸通红,把丑陋的我痛骂一顿,然后把床铺换到离我很远的地方去的。"

"与其做这种蠢事,还不如在天亮之前这段短暂的时间里,好好感受一番叶子小姐丰满的肩膀呢……"

黑吉在心中怯然想道。

他默默抽回了放在被子边上的手,把所有的注意力都集中在叶子那边,聆听着肩膀旁边她温暖平稳的心跳……

他不知道什么时候睡着了,忽然,一阵凉飕飕的风让他睁开了眼睛,发觉周围已经蒙蒙亮了。

"天已经亮了吧——我是什么时候睡着的呢?"

此时,他不禁后悔得全身颤抖。

"阿叶呢……"

黑吉最惦记的就是这个,因此他猛地扭过头,想要确认旁边是谁。

"哎呀……"

首先映入眼帘的,不是叶子,而是一弯明亮的月。

匆匆搭起的马戏棚天幕被傍晚的大暴雨掀起一角,刚好露出夜空中的月亮。丝绸般的清辉洒进黑暗如地下室的马戏棚中,暴雨后的月光皎洁澄莹。

"还是夜里呢。"

黑吉松了口气。

叶子在他身边好像睡得不太安稳。起初黑吉还不能确认身边就是叶子，随着眼睛逐渐适应了月光，他终于看清了身边躺着的就是叶子。

月光下，叶子的小脸看起来比平时要苍白，她樱口微张，正睡着。"要是月光再强烈一些的话，这蓬松的头发会像金子一样发光吧。"黑吉想道。

此外，后颈发际线处洗掉的粉底让年轻的叶子的睡姿在少年心中显得更加可爱了。

黑吉呆呆地望了一会儿叶子那朦胧如梦境般的脸颊，"咕咚"咽了一口唾沫，然后他像是要去倾听叶子的呼吸一般，把脸慢慢靠近了叶子微微张开的薄唇。

不知为何，他的嘴唇有点发干。

不久，在微弱的月光下，少男少女头部的影子合二为一。他感觉叶子脸颊上那颗惹人怜爱的小痣都快被自己的脸压瘪了。

他试图轻轻地放松一下手臂，结果手肘下面的壁板发出了含糊的响声。由于马戏棚搭得很粗糙，所以哪怕一丁点儿的重量变化也会使地板产生摩擦。这响声在他敏锐的神经中被层层放大，打破了周围的寂静。

在那一瞬，黑吉似乎要心脏骤停了。

"唔……"

在他慌张地抬头的时候，叶子可能是做了个噩梦，喉咙里呜咽了一声，翻了个身。

"她醒了吗？"

黑吉深吸一口气，注视着叶子睡着的黑色背影。"不，没醒呢。"

幸好，翻了个身的叶子并没有醒，很快传来了她睡着后轻轻的呼吸声。

他终于舒了口气，一边摸着嘴唇，一边环视着漆黑的周围……

翌日，天气一扫昨夜的暴风骤雨，是个万里无云的晴天。

黑吉想要独自回味昨晚的偶然事件，于是沿着马戏棚的圆木爬了上去。

他爬到顶部以后，探头一看，映入眼帘的刚好是对面雾气腾腾、熠熠发光的森林。

"好美啊，可是……"

此时，叶子从他心中闪过。那一瞬，在这个少年眼中，叶子似乎更加美丽动人。

"森林什么的哪能……"

他正嘟囔着,却被耳边突然传来的搭话声吓了一跳,抓着圆木的手臂也抖了一抖。到如今,几乎还没有人和他搭过话呢。

"森林什么的,森林怎么了?小黑?"

黑吉没有回答。叶子不知道什么时候过来了,站在他的面前。

而且,迄今为止,还没有任何人这样温柔地叫过他"小黑"。

"想什么呢?"

叶子站在温暖的阳光里,可爱地笑着。

"……我在看森林。"

黑吉无法正视她的脸,他一边咔嚓咔嚓地动着脚尖,一边生硬地说道。

"哦,你在看森林啊,像诗人一样呢。"

这位可爱又早熟的少女不知道从哪里记住的,这样说道。黑吉不知该如何回答。

"真是一座美丽的森林呢。小黑你喜欢森林对吗?因为它很美……"

"不,我不喜欢森林。你不是更美吗?"

"哎呀……"

叶子就像所有女孩子那样高兴地睁大了眼睛。

"可是,我很丑……你会和我玩吗?"

他渐渐能开口讲话了。

"会吧。"叶子有时候讲话用词会有些粗鲁。

"小黑很老实,我挺喜欢你的。就连昨晚……"

"哎?你知道吗?"

黑吉不由得吃了一惊。

"有什么可惊讶的,不是挺好的吗?我也是第一次接吻呢。"

黑吉感到脸上火辣辣的。他想:"十几岁的少女会把这种事说得这么露骨吗?这可爱的外表下,是否也隐藏着一个恶魔呢?"无论如何,虽说是在散漫的环境中长大的,但这也是一件挺可怕的事情。

"你什么时候过来的?"

他难以回答,便这样问道。

"我看到你往上爬的时候,就立马跟过来了。"

"有什么事吗?"

"嗯,没什么事……你这人真奇怪,莫非你讨厌我吗?那你为什么又要做那样的事呢?"

"不是的,不是的,我喜欢阿叶。但是,我怎么都说不明白话……"

这是黑吉的真心话。

"算了,就在这里坐坐吧。"

叶子给黑吉让了让地方,两人并排坐在屋顶的圆木上。

要是有人看到了,只会觉得是马戏团的孩子们在晒太阳吧。

"昨晚的事我是知道的。"

不知为何,叶子一直揪着这件事。

"那你为什么装睡呢?"

"因为……虽然你像虫子一样,一点儿都不起眼……哎呀,对不起,大家都这么说你,因为你总是缩在角落里……,但我喜欢上你了……"

当黑吉从她嘴里听到"虫子"这个令人讨厌的绰号时,仿佛咽下了苦水一样,沉默不语了。

"我来告诉你点好事吧。"

叶子说着,开始晃荡着悬空的双腿。

每次当叶子丰满的肩膀碰到黑吉时,他都会感到身体一阵僵硬。那柔软的触感让他莫名地蠢蠢欲动,昨晚梦一般的体验再次在心中复苏了。于是那苦水也就挥发了些许。

"什么好事呀?"

叶子还在晃荡着双腿。他们身体之间的接触很明显,甚至有点到了刻意的地步。黑吉坚硬的心就在这每次的接触中，无声地融化了。

"好事就是，你总是水平很差的话是不行的，师父不喜欢你，大家也会捉弄你的。"

叶子像姐姐一样说着。

"嗯。"

"所以呢，我听说了一件好事。你真的想好好努力吗？"

"是的，我想和阿叶一起努力。"

"不，不是一起的……不过呢，这是一门很有难度的技艺，现在没有人在做了。以前源二郎爷爷年轻的时候曾经会这个。要是你能学会的话，师父一定会很器重你的。"

"嗯。"

"要是能做到的话，就拜托师父让我们俩一起表演吧……"

"好啊，不然就没意思了。可是，是什么样的表演呢？"

黑吉心中一片明朗。他完全像少年一样，摆脱了昨天为止的种种苦闷心情，想要像太阳一样微笑。

柱子下面，源二郎爷爷正在晒昨晚被淋湿的坐垫，偶然一瞥，看到当红的少女叶子和"虫子"正坐在马戏棚的屋顶愉快地交谈、握手，露出了讶异的表情。

三

不久,源二郎爷爷最先感到的诧异就扩散到了所有的演员身上——除了叶子以外。

被戏称为"虫子"的阴沉、笨拙的鸦黑吉,简直就像变了一个人似的,完全痴迷于杂技,只要有空就开始训练。

这真是惊人的变化。怯生生的阴柔的黑吉,竟然找回了属于少年本来的"活泼"。可是,他的训练太过激烈,甚至有点血腥。

黑吉湿润的眼中布满了蛛网般的血丝,紧咬的嘴唇上鲜血欲滴,真是令人担心。

有时,他的身体在空中飞行,还会撞在壁板上。纵使如此,黑吉也只是闷哼一声,依然咬牙坚持着。

相反,当其他演员听到骨肉碰撞时那惨烈的钝响时,都会不可思议地注视着他。有的人情不自禁地咬紧了嘴唇,有的人则把脸偏了过去,连严格的、冷冰冰的团长都哑口无言了。

可是,叶子却——

奇怪的是,作为黑吉动力之源的叶子却没有出现在这里,这让黑吉的心情急转直下。不过,要是有人仔细观察四周就会发现,叶子正藏在排练场地的昏暗角落里,看着他排练呢。

哪怕有人注意到了叶子,也不会有人将这个少女和黑吉的巨变联系起来思考——不,倒不如说,在这拼命的排练中,她躲起来更自然一些。

但对她来说,这是幸运的偶然。从刚才开始,她就有种冲动,想要飞身跃入这野兽般骨肉相搏的野性氛围,兴奋得几乎要迈出脚步了。

在眼前翻滚的肉体营造出一种迫人的压力,伴随着迷幻感,让这个少女连站着都觉得勉强。她手心冒汗,喘着粗气。

"啊,出血了——"

黑吉流鼻血了。他慌忙往上一抬头,鼻血顺着鼻子旁边划出一道红黑的线条,淌进了耳朵里。

叶子顿时觉得心里一空。同时,心头涌起一种头晕目眩的、错乱的恍惚感……

叶子晃过神来,暗自瞧了瞧。黑吉可能是因为流了鼻血的缘故,已经不见踪影,其他的少年演员窃窃私语着,正准备开始各自的训练。

"他们在议论小黑的事吧。"

叶子这样想着,终于站了起来,打算去找黑吉。

四处寻找之下,她在高台的向阳处找到了黑吉的身影,直奔了过去。

"小黑,你好厉害呀,真没想到你有这么大的勇气。"

"没什么啦,阿叶你刚才在看吗?"

黑吉的鼻血已经止住了,他揉搓着肿胀的身体,看起来很开心。

"我都看到了,你出鼻血的时候,我吓坏了……哎呀,这里真红啊,你流血了。"

叶子盯着黑吉红肿的、毛孔渗血的肩膀说道。

高台在明媚阳光的照射下暖洋洋的,周围一个人影也没有。

"出血了吗?啊,一碰就疼。"

"……"

叶子没有答话。然而她的眼睛火辣辣地盯着那淤青的伤处。

"小黑,疼吗?"

叶子问道,又轻轻地碰了一下伤处。

"疼……"

黑吉刚说出口,又不由自主地把话咽了回去。

"怎么样,痛吗?"

叶子探头问道。

"不痛了。"

黑吉慌忙摇头。

"怎么会疼呢？"

"可是你在发抖啊。我听说舔一舔就会让伤口快点好起来呢。"

在伤口上涂抹唾液是在演员们之中流传的最原始的治疗方法。

但黑吉心中的幸福膨胀了起来。

"阿叶，够了，已经不疼了。"

叶子默默地抬起了头。

"我有件事想要问阿叶。"

"什么？"

"什么……你为什么要和我这种丑陋的人一起玩呢？"

"你才不丑呢。我喜欢你，你很老实。我最讨厌义公那种又幼稚又自大的家伙了。"

义公是和黑吉同一个马戏团的少年演员，是一个可爱的美少年。黑吉从她嘴里听到这个名字的时候，感到有些不快。

"……而且义公在梯子上接我的时候，还故意紧紧地抱着我呢。"

黑吉眼前浮现出义公那狂妄的面孔。

"混账——"

他就像是要击倒那个幻影似的，嘴里念叨着。那时，黑吉心中充满了不似少年的强烈的"嫉妒"。

"阿叶,我死也不会输给义公的。"

黑吉脱口而出。他似乎忘记了伤口的疼痛,站了起来。

"千万别输,你要是能成为主角的话,我会很开心的……和你成为夫妻也是可以的。"

"成为夫妻吗?"

果然,黑吉听了这话之后,孩子气的脸颊本能地露出了害羞的表情,回头看了一眼叶子。

"真的!难道我会说谎吗?"

叶子转过身去,噘起了嘴。

"好,那我们在这里约定吧。"

黑吉羞赧地说着,伸出了小指。二人在明亮的高台上,沐浴着阳光,用幼稚的方式结下了坚实的约定。

少年和少女的这个约定会以何种形式来临呢……虽然目前还不明朗,但在这阴沉又执拗的少年和面对残酷气氛就会变得兴奋的少女之间,无论如何也不可能出现圆满的结局——但那是很久以后的事了。

现在,黑吉迎着阳光站在高台上,心中的幸福随着欢欣的浪潮尽情起伏着。

他那残酷的训练,更是只把自己的身体当成一块肉,反复摔打在地板上。

而叶子对他的爱抚也相应地加速进行着。

有时,他偷偷地在服装间的镜子里看一眼自己肩上的伤,竟会发现那里有一处小小的嘴唇形状的地方正在渗着血,不知道是不是叶子吸吮得太过用力的缘故。

然而,与那黑影不同,黑吉的技术渐渐进步了。那些拼命的、持续内驱力作用下的刻苦训练,让当初那个笨拙的、连倒立都能把师父激怒的少年变得不可同日而语了。

他伸展着身躯,动作全然无惧,赢得了观众们的欣赏和掌声。"鸦黑吉"的名字和"贵志田叶子"的名字一起,作为明星少年少女,被大肆印刷在长条海报上。

光是能和叶子齐名就让黑吉高兴得无以言表。要是到了新的城镇,演员们上街游行宣传的时候,只有他们两个人一起坐在小车里加入游行队伍的话,涂着厚厚粉底的黑吉该有多么陶醉啊……

在他从过硬的专业技术中体会到空前的自信之时,也感受到了难以忘怀的贪恋——就像在叶子身上体会到的一样。

黑吉一边向宝刀未老的源二郎爷爷学习要领,一边进行着可怕的杂技训练。

马戏棚高高的天花板两端挂着两个秋千,他需要从其中一个飞身跃到另一个上面。说起来简单,但在这高得令人眩晕的马戏棚上空,起跳的技巧完全是听天由命的冒险。他的手哪怕稍微滑一下，就会在远远的冰冷地面上绽放出血淋淋的花朵——就像腐烂的无花果一样。

四

这个小小的少年在过分绚丽的环境中，把一天的大部分时间用于磨炼技艺和与叶子相处，身边不知不觉发生了许多事，一转眼，他已经是个十六岁的少年了。

还好，这漫长的苦练得到了叶子的抚慰，倒也不算单调，而且也不算徒劳。

如今他已经是这个马戏团实力超群的明星演员了。虽然他只有十六岁，但在他们的世界里，他已经是一个了不起的男子汉了。而且，他还能表演谁都做不到的、恐怖的空中飞人——这已经是他的独门绝技了。

说到这，不能不提一下叶子。

不知从什么时候起，叶子全身都丰满了许多。她体态丰腴圆润，皮肤白皙、弹性十足。当她从人身边经过的时候，会带起一股淡淡的香气，昭示着她的成熟。她得天独厚的美貌也随着年龄的增长与日俱增，几近妖冶。

每次她摇头，那一头漆黑的短发就会如美丽的海藻般拂过她白皙的额头。

她明亮的眸子和小巧的鼻子美得娴静，而微张的红唇间露出的光洁皓齿更是抓住了观众的心。

"如此美丽的叶子为什么要对那个丑陋的黑吉示好呢？"

"阿叶是不是有什么怪癖啊，就算是技术再好，也不能和黑吉那小子啊……又不是没有美男子了……"

小丑的扮演者仙次带着可笑的妆容摸着下巴说道。

"哈哈哈……明明有个叫仙次的美男啊……"

"真是的。"

"喊，真够自负的。"

虽然是半开玩笑的对话，但这是他们最感兴趣、最觉得不可思议的问题。

从仙次所说的来看，演员们都以为黑吉是因为技艺精进才受到了叶子的青睐。他们谁都不知道那两个人年幼时那段奇特的往事。

"可是——"

仙次正色道。

"我听黑吉那小子说，他要和阿叶结婚，他还说是阿叶主动提出的。我都惊呆了……这可不好玩。"

"真的假的……不过看他现在的势头，也不好说……"

"放屁！"

突然出声的是被黑吉夺走首席之位和叶子的美少年——义公。

"哪有那种事,我清楚得很。黑吉那家伙常常被阿叶打呢。"

"哎,真的吗?"

在场的人不由得看着义公那张兴奋的脸。

忽然置身于众人的注视之下,义公那张可爱的脸庞一下就兴奋起来,继续说道:"当然是真的,我看得清清楚楚。他还被鞭子抽了呢。"

没人答话。

"结果黑吉那小子没啥反应,高高兴兴地挨揍,还一边和阿叶嬉皮笑脸地说着话,一边被打……"

说着,义公也觉得很疑惑。当然,包括仙次在内所有听着这话的演员都不可能理解那种莫名快感的产生原因。

愉悦,无论如何,那真是一种可怕的享受。但在破空而来的鞭下,黑吉的拼命训练所产生的血肉和骨头碰撞的迷醉境界生动重现于叶子美丽的肉体中,引诱着她进入了甜美的梦境。

然而,黑吉在这乱鞭之下依然甘之如饴。

眼前狂暴、美丽的野性姿态让他产生了更多的欲望。

黑吉在渐渐靠近的叶子的眼眸中看到了自己丑陋的脸庞,不禁移开了视线。可是,一想到她眸中的自己眼中也映着叶子,就想再看一眼。

那就是他们的表演。

一阵伴奏过后,在观众们雷鸣般的掌声中,穿着桃红色紧身衣、身披黑色天鹅绒斗篷的黑吉和同样打扮的叶子牵着手登上了舞台。

他们振了一下斗篷,露了一下鲜红的里衬,然后把斗篷脱下来扔到了一边,各自把手搭在马戏棚天花板两端垂下的绳子上。两个人看起来就像是被并排吸上去一样,同时往上爬着。

在绳索的顶端,在纵横交错如蛛网般的圆木之间,用平纹绳吊着一个个马戏团用的简易秋千。

在观众打量场上布置的时候,灵活的两人已经登上了各自的秋千。同时,阁楼里的助手迅速卷起他们攀登的绳索。下方遥远的舞台上,扮成小丑的仙次也开始了熟悉的开场白,声音断断续续地传到了隔得相当远的二人之间。

"各位观众……这是一场豁出命的大冒险……空中飞人……如果这位美少女顺利完成表演的话……请各位掌声鼓励!"

黑吉一边听着那断断续续的开场白,一边俯视着下方遥远的舞台。小丑仙次做着搞笑的动作,对观众献着殷勤。

三名负责搭建马戏棚的工人身穿短褂,手拿持安全网上场了。

黑吉不由得把冒汗的手心在肉色紧身裤上擦了又擦。

"要是掉下去就完了。"

安全网只不过是摆设罢了。这种东西对黑吉来说没什么用,只不过能刺激观众的兴奋感而已。

黑吉瞥了一眼叶子,一边默默调整着呼吸,一边像数数一样开始荡起了秋千。

当秋千越荡越高的时候,圆木搭成的马戏棚里不知从何处传来了嘎吱嘎吱的钝响。

"啊——

就在整个马戏棚都在微微摇晃的瞬间,黑吉化作一道桃红色的身影,弹了出去。

那道身影在空中"咕噜咕噜"地翻转,转眼就跃到了叶子的秋千上。

这一瞬间的惊人绝技只在观众们的眼中留下了一道桃红色的线条。当观众们反应过来开始热烈鼓掌时,黑吉已经被叶子紧紧抱在胸前。

掌声终于平息下来之后,秋千上的两人缓慢而小心地移动着。错开之后,叶子用脚钩住秋千的绳子倒垂了下去,白皙的手抓着黑吉的脚,而黑吉则舒展地挂在下方。

这时,叶子的腰部微微扭了扭,本来衔接得很好的两个人,开始摇晃起来。观众们都忘了脖子痛,拼命地抬头看着。

"要是叶子钩在秋千上的腿松开了的话……"

"要是叶子的手松了的话……"

观众们都这样想着,心中瞬间涌起一种死亡般的冰冷紧张感。

这未必是危言耸听。

叶子这头美丽的野兽对血有着莫名的迷恋。

"她会不会突然撒手呢?"

即使是黑吉,有时也会有这种苍白的预感,让他感到全身的血液仿佛都争相倒流般,恐惧极了。

这样想着,被叶子紧紧握住的脚踝顿时冒出了黏糊糊的汗,滑溜溜的,身体好像马上就要坠入虚空似的。

"为了阿叶的话,我死也愿意。"

另一方面,为了摆脱恐惧心理,他也在进行心理斗争。

不过,没关系的。叶子紧紧地咬着牙,可爱的脸涨得通红,正抓着黑吉的脚踝。

"如果在舞台上失败的话,还不如死了算了。"

幸运的是,叶子心中充满了天生的杂技演员气质,并没有掺杂其他感情的余地。

五

不安、苦闷、压抑的气氛就是这种冒着生命危险的绝技的副作用。

观众们为他们捏了一把汗——在马戏棚的上空,"人肉秋千"渐渐像钟摆一样剧烈摇晃起来。

"棒极了!少女刚一松手,少年就从空中跃到了另一段秋千上,真是高难度的表演……"仙次如此解说道。

观众们生怕错过精彩瞬间,目不转睛地随着秋千的摆动左右转动着脖子。

耳边听得有人"咕咚"咽了一下口水,与此同时,黑吉被叶子抛到了空中,观众们瞬间屏住了呼吸。

黑吉的身体以一种可怕的气势与马戏棚高高的屋顶擦身而过,像箭一样飞了出去,他的身体在空中一弯,完美地回到了原来的秋千上。

这些都是瞬间发生的,但能让人感到黑吉对这场奋不顾身的冒险有种强烈的执着。

他在空中飞跃时,心中喜悦得难以形容,又或者那是种错乱的快感吧……

屏住呼吸被抛向空中时,五彩缤纷的马戏棚像玩具箱一样被甩在远远的下方,整个空间仿佛只剩下黑吉一个人。他迅速翻腾一周，几乎不顾一切地跳到了对面的秋千上，此前不知隐藏在何处的汗水一下子喷涌而出，心脏泵出的热血在血管中四处奔流。

黑吉的神经像钢丝绳一样紧绷，他屏住呼吸，穿梭于生死的间隙，从中感受到一种不亚于叶子的爱抚所带来的激烈到令人目眩的快感。

当他独自飞向叶子那边的秋千时，并没有快活到这种程度，但在回去的时候，被叶子抓着脚部倒吊起来大幅摆动起来，记忆和思考等精神力就会被全然抛开。

而后，黑吉就会迷醉于一种心脏被攫取般的无穷快乐——那几乎放空的头脑与先天扭曲的气质在被甩出的瞬间，在虚无感中，实现了调和。

然而，不知何故，最近表演结束的时候，黑吉又像以前一样，孤零零地在后台角落中沉思起来。

"真奇怪啊。"

在最近表演的过程中，当黑吉脱开叶子的手飞向对面秋千的瞬间，眼前会突然浮现叶子的笑容。

要是向叶子的方向飞跃时，看到她的脸也很正常。可是在他背朝她奋力飞身而出的时候，却能模模糊糊地看见叶子的脸像幻影一样飘浮在马戏棚的上空。

"真奇怪。"

黑吉又咕哝了一句，朝后台一看。

叶子刚好路过，问他："有什么事吗？"

她误以为黑吉在叫她，于是一边往后抚着蓬松的乱发，一边走了过来。她那裹在肉色紧身衣里面的丰满肉体，每走一步都暧昧地扭动着，再次吸引了黑吉的视线。

"我刚才没叫你……"

黑吉没想到叶子会因为听到自己的自言自语特意过来，高兴得不得了。

"你刚才说什么？"

"我就是自言自语了一句'真奇怪'而已。"

"为什么奇怪呀？有什么事——"

"你这样问，我有点不好说，就是有点不可思议的事情啦。"

"到底什么事……算了，真讨厌，你不想告诉我对吧！那好，就这样吧。"叶子哼了一声，然后扭着丰满的身体，赌气地说。

"这位时而鞭打自己,时而开怀大笑的年轻美丽的魔女，有这么高超的技艺吗？"在黑吉考虑这个问题之前，他只能沉溺于感官之美。

"好啦，好啦。我没有不能对阿叶讲的事情……我刚才看到你的脸了。"

"我的脸?"

"嗯,就在我飞在空中的时候,在秋千附近隐隐约约看到的。"

"那时候呀,我正一心扑在演出上,可没闲心想别的。"

"我那时候也在认真表演,但那影像突然就浮现在我眼前,所以我很纳闷。"

"是挺怪的。那时你看到的我是什么样的?"

真是一个很女孩子气的问题。黑吉动了动身子,看着叶子的脸说道:

"我看到的你肌肤像雪一样白,眼睛像漆一样乌黑,可爱的嘴唇比山茶花更红……"

黑吉用上了自己所知道的所有赞美之词,"梨涡就像要把人的指尖吸进去一样……"

说着,他用手指戳了戳她胖乎乎的脸颊。

"好疼呀——"

叶子夸张地皱了皱眉,然后高兴地"嘿嘿"笑了起来。

"我的脑海好像都被这美丽的容颜占据了。"

黑吉正色道。

"我可不知道,你不要恭维我啦。"

叶子说着,边笑边向舞台跑去。

黑吉微微一笑，凝视着叶子每次奔跑时短发飞舞的背影。但当叶子的身影消失在幕布背后时，他脑海中又浮现出刚才那个奇怪的幻影。

"算了，可能我真是太迷恋阿叶了。"

表演中途休息了一阵子的乐队又开始演奏起熟悉的乐曲。

"已经开场了呢。"

他"砰"地拍了一下大腿，侧耳倾听着观众们走来的脚步声。

"好，开始准备吧。"

他念叨着，从坐着的服装箱上站了起来。

"小黑！"

黑吉不知所以地一回头，看到叶子露出少见的紧张表情跑了过来。

"不好了，小黑！只有你没来，师父生气了！"

"到底怎么啦——"

"什么怎么啦，糟啦。你知道师父的那枚戒指吧，就是他总戴着的那枚金戒指。戒指现在不见啦，刚才都还在的，一定是丢在马戏棚里面了。要是开场之前还找不到的话，肯定就找不回来了。现在大家都在拼命找呢。只有你没去了，师父的脸色挺难看的……可是他又没有办法，正气哼哼的呢。就快开场了，你最好赶紧过去看看。"

"就算如此，也没人来叫我啊，我搞不太懂……"

"你说这些有什么用，知道你在这里的也只有我了吧。"

说着，叶子狡黠一笑。

"哎呀，原来叶子是特意来告诉我的呢……他们好过分啊。"

"也不是啦，总之你快去看看吧。"

"那些家伙真是过分啊，为什么不来告诉我一声呢？他们明明知道师父生气起来是什么样……"

他这样想着，但他并不打算反抗从叶子那湿润鲜艳的嘴唇所讲出的话。

"嗯，去看看吧……"

黑吉压下心中其他的想法，如此说道。

"师父平时就傻瓜似的在意那枚戒指，要是真不见了，我肯定会遭殃的。"

黑吉走着走着，觉得心中更加压抑了。

过去一瞧，师父正在房间角落里闷闷不乐地掸着自己上台表演时要用的礼帽上面的灰尘。在他身边，服装间和化妆间——当然只是用幕布简单隔成的房间——出场较晚的演员们在到处寻找着什么。

"有点棘手啊。"

师父掸礼帽灰尘的动作在黑吉眼中简直就和敲击一样粗暴。

"看起来心情相当差呢。"

直觉这样告诉他。

黑吉尽量不看师父,悄悄找了起来。但是这么多人都找过了,肯定不是能被轻易找到的东西。

不仅如此,不知道是不是他的错觉,他感到师父时不时地白自己一眼,让人觉得瘆得慌。

"黑吉,有吗?虽说现在才开始找有点可疑,但你到底知不知道在找什么?"

师父的声音沉静得让人害怕,但讽刺人是他最拿手的了。

"开始了哈……"

黑吉咽了口唾沫。

与此同时,他收获了意外的幸运。

"黑吉,不是该你出场了吗?你人呢?"

在幕布后面大喊的,好像是仙次。

也许是黑吉的偏见吧,他觉得仙次并不是为了帮助自己才喊的,不如说是仙次以为黑吉还没来,因此故意喊叫让师父听见。

总之,在这种情况下,仙次倒是难得地成了黑吉的恩人了。

"那……我先过去了。"

黑吉说了一句,没等师父答话,便匆匆奔出了房间。

他匆忙换上演出用的肉色紧身衣,像往常一样,在乐队的伴奏中和叶子一起登上了舞台,但他心里却在一直惦念着那枚遗失的戒指。

"要是再想下去导致表演失败就糟了。"

黑吉拼命摇了摇头,把担心抛到一边,瞥了叶子一眼,像平时一样顺着绳索轻巧地爬上了天花板的秋千。

然后,他小心翼翼地坐在了秋千上,一下一下、稳稳当当地摇晃着。

在他眼前,已经没有了师父、戒指和观众,光怪陆离的世界骤然降临,只有叶子乘的秋千,时而远去小如针尖,时而忽地来到面前占据他的视野,而后又像线一样从视野中飘落。

好——

黑吉的每根神经都兴奋了起来。他的身体脱离了秋千。

突然,周围一片黑暗,也可能是因为他闭上了眼睛,下一个瞬间,马戏棚角落的盥洗室附近却莫名在他眼前若隐若现。

"咦,有什么东西在发光呢。"

有什么东西正在洗手台背面闪闪发光。

"啊,是戒指,找到了!"

就在这一刹那,叶子所乘的秋千如箭一般掠过他的眼角。

"糟了！"

力量可怖的恐惧情绪像硫酸一样侵蚀进他的脑海。

黑吉吓得心都快到嗓子眼了，他发出"哇"的一声尖叫，用尽全身力气在空中扭动身体。万幸的是，他终于用单手抓住了秋千的一端。

"呼——"他重重地出了口气。

虽然他勉强爬上了秋千，但是却不能再挂在叶子的手里，飞回原来的秋千了。

"怎么啦，小黑……"

耳边传来叶子的低语，声音出乎意料地平静。黑吉想要回答她，可是千头万绪堵在心头，让他觉得从未如此沉重、痛苦，而且他腹中空空，竟然一点儿力气都没有了。

最后，黑吉放弃了尝试，灵活地抓住工作人员放下的绳子，下到了舞台上，逃也似的溜进了后台。

热情的观众还以为这是设计好的环节，拼命鼓着掌。而后台的黑吉却只感到讽刺。

黑吉战战兢兢地向团长的房间走去。

"无论怎么训斥我都得认了。"

他正这样想着，看到师父房间的幕布隔断好像被生气的师父扯得直晃，便顿住了脚步。

果然，师父正火冒三丈呢。

"蠢货，你还真好意思来呢。"

黑吉被训了以后，心里反而平静了下来。

"师父，我在空中飞跃的时候，看到了那枚戒指。"

"说什么傻话呢。从那么高的地方怎么可能看得到下面呢？"

"可是，可是……"

连黑吉自己也觉得有点奇怪，但这时也别无他法了。

"可是我真的看见了，就在洗手台的背面……"

师父瞪了黑吉一眼，"好。"说完就踏着重重的脚步走了出去。

黑吉垂头丧气地站在那里，听着师父的脚步声渐渐远去。

他脑海中浮现出各种各样的心事，一直盯着地板缝的眼睛莫名湿润了起来。

"变弱了呢。"

他下意识地把汗津津的手心在肉色紧身衣上蹭了蹭。

"要是真的在那里就好了……不，不可能吧。"

"要是刚才没说这事就好了。"他心里越想越后悔。

在这间沼泽般的房间里，不时传来观众们高低起伏的喧闹声和阵阵掌声。

突然，马戏棚的另一侧响起了乐队的演奏声。音色独特的单簧管就像在教学一样吹响了他耳熟能详的乐曲。默默聆听的黑吉心中，无声地涌上了某种炽热的东西。

遗忘许久的东西让他湿了眼眶，但他紧咬嘴唇忍耐着。这时，他身后传来"咣当"一声。

"是师父吗？"

黑吉抹了一下眼睛，转了过去。

脏兮兮的深灰色幕布像被风吹拂般沉重地晃动着，从幕布下方与地板之间的两三寸空隙里，只能看到服装箱之类的东西倒在地上。

他凝视着那片幕布隔断，在他转身的瞬间，虽然只是一瞬，他从幕布中间的裂缝看到有只白皙的手动了一下。

"是阿叶。"

直觉这样告诉他。

"她为什么要从那里偷看我呢？"

倒也不奇怪。很明显，叶子是为了偷瞧他才爬上箱子的，而箱子翻倒了，发出了那样的声音。

"她可能是担心我被骂吧。"

他想起了叶子那可爱的红唇。

"可是……"

在刚才黑吉差点粉身碎骨的瞬间,叶子的表情出奇平静，甚至露出了诡异的笑容,眼神也很好奇——这一切从黑吉眼前一闪而过。

"那家伙,是来看我会被怎么样的。"

他第一次对叶子感到心灰意冷。

"确实如此。"

如果她是出于担心才过来的话,现在师父又不在,应该会讲句安慰的话。而且叶子有时候会殴打黑吉,并且感到异常愉悦。

"喊,亏她长得那么漂亮。"

黑吉自言自语道。

"黑吉!黑……"

师父在唤他。他不禁吓了一跳,慌忙回头望去。

"黑吉,快看,在这里!真是不可思议,简直了!"

师父说着,一下子把左手伸到黑吉的眼前。在那骨节分明、强健有力的手的无名指根部,那枚刻着什么的金戒指正如往常一样默默地闪烁着光芒。

"啊,在那里啊……果然……"

"是啊。黑吉,你到底怎么找到的啊?"

"太好了……确实是我飞在空中的时候看到的……"

"别开玩笑了,你又不是千里眼。你说实话,我不会生气的……在那么高的地方根本看不清下面,更别说幕布背面的洗手台了……"

"可,可是……"

"奇怪,师父说得没错,从天花板那里应该看不到幕布背面才对啊。"

黑吉拼命地整理着思绪,可脑海中却一片混沌。

"虽然不知道为什么,但我确实看到了。朦胧中只看得到盥洗室和戒指……可能是因为我一直在想着戒指的事吧……"

"简直就像做梦一样啊,因为你一门心思在想对吧?"

"没错,是这样的。"

"嗯。"

"所以……"

师父的心情好不容易才变好,黑吉怕他再生气,焦急地辩解着。可是,连他自己都搞不明白的事情,师父能理解吗?

"所以,当我发觉找到了的时候,便忘了自己在舞台上,结果不小心失败了……对不起……我绝对不是故意的……"

"那是自然,要是故意的你就没命了……可能是我洗脸的时候弄掉的吧……"

师父抚摸着戒指,自言自语道。

"哎呀,今天的事就这么算了吧……不过,要是你以后因为梦到女人掉下来的话,我可不会放过你!"

"哎?"

黑吉以为师父说的是叶子的幻象,吃了一惊。

"哈哈……好了,快去准备吧。"

黑吉发现,师父因为找到了戒指心情大好,竟然罕见地开了一个玩笑。

"嗯,十分抱歉……"

黑吉尽可能做出面无表情的样子,一脸惶恐地离开了师父的房间。

"太神奇了——这事也真够怪的。无论是浮现在空中的叶子的脸,还是刚才发现的戒指,都是根本不可能在上空看到的东西。可是,好像只要我抛却所有理智、记忆,忘我地飞在空中的时候,这些东西就会忽然掠过我的脑海。"

"这到底是怎么回事呢?"黑吉离开师父的房间之后,来到后台的一角。但他脑海中却满是疯狂的疑问,它们激烈地互相碰撞着。

"难道我在做白日梦吗?"

黑吉一屁股坐在了常坐的衣箱上。

或许是因为箱子有点凉,他遍体生寒。

"莫非我疯了?"

细细想来,他恐怖不已。

我是清醒的,但我怎么证明呢?毕竟疯子也能思考,能看东西,能说话、听、睡和跑……

这些想法将黑吉一步步推入了恐惧和烦恼的泥淖。

六

"呸,随便吧……"

黑吉含糊不清地说道。

"就当我疯了吧,哼。"

他为了消除心中的担忧,故意大声嘲笑着自己。

但是在这没人的地方,大声地自说自话之后,却显得更加寂静了。

这寂静让黑吉难以忍受,于是,他毅然从坐着的衣箱上站了起来,但他始终觉得有一种"不安"在身后缠着自己。他哪也没去,像只笼子里的熊一样,在这满是污渍的防水幕布隔出来的后台一角踱来踱去。

他就像个溺水者一样,怀着一种"哪怕是根稻草也要紧紧抓住"的心情,焦躁地四处踱步。

要是能有一股巨大的力量来紧紧拥抱着我,紧到像要把骨头折断的话……我一定会平静下来的。想到这里,叶子忽然出现在他心里。

"是啊,阿叶的话……"

他不禁低声说道，停住了脚步。

或许是走来走去的缘故，他的额头沁出了汗珠。

可恶的阴翳又把黑吉推回了忧郁的深渊。

"阿叶刚才不是有点奇怪吗？她刚刚是来看我被师父骂的，不仅如此，她还故意不告诉我师父丢了戒指，想让师父生气……"

叶子最近的冷漠行径一一浮现在他心头。

"叶子为什么讨厌我了呢？"

黑吉想到这里，一股前所未有的强烈空虚感向他袭来。那个恐怖的白日梦就像老照片一样，变得模糊起来了。

"失恋了。"黑吉有些愕然。

"傻，傻瓜……"

"怎么会有这种事呢？"

不管他怎么念叨，心中的不安却只增不减。

正因为他不清楚叶子疏远自己的原因，才觉得结果更加可怕。

"好，我去问问阿叶吧。要是我有做得不对的地方，我改就是了。"

黑吉急忙偷瞧了一下舞台。

这时，叶子刚好登场，她在热情高涨的观众面前，像白蛇一样自由地扭动着肢体，艳光四射。

一阵热烈的掌声打乱了气氛，叶子立即兴冲冲地回到了后台。

"阿叶，来一下。"

黑吉轻轻地招了招手，唤道。

"什么事？"

"嗯，有点事找你。"

"稍等一下，又要到我出场了。"

叶子毫不在意地往黑吉刚才坐着的衣箱上一坐。她的肉色紧身衣腰间系着的银绒刺绣颤动着，像针一样刺着黑吉的眼睛。

每当黑吉想要开口讲话的时候，他的心就会像跳到嗓子眼儿似的，让他讲不出话来。

"你到底……有什么事……找我啊？"

"阿叶……阿叶果然很棒呢。"

黑吉意想不到的话突然脱口而出，他自己也吓了一跳，脸上直发烫。

"哈哈哈，我还以为有什么事呢，还特意叫住我。讨厌啦，小黑。"

叶子百无聊赖地站了起来。

"等，等一下。"

黑吉慌忙把她叫回来。

"请稍等一下,我有话要问你……阿叶,你不要生气。你为什么,为什么讨厌我呢?"

他下定决心问了出来。

"哦?谁说的?"

她那双圆圆的明艳黑眸流露出好奇的神色。

"没谁,没谁说过。只是我这么想的。"

"哎呀,我什么时候说讨厌你了,没那回事。"

"可是……即使你没说……我也有这种感觉。以前你对我很好,我很喜欢你那样对我。大家都嘲笑我笨,只有阿叶不笑我,还鼓励我。"

黑吉絮絮叨叨地说着,他觉得自己的话有点让他眼皮发胀。

"是吗?那是你的成见啦。就算我不夸你,大家也都赞扬你,你现在不是变得很优秀了吗?"

叶子的脸色苍白,表情有点僵。

"比起所有人的夸赞,阿叶的夸奖更让我感到开心。我很丑,和义公他们没法比。但是不管怎样,我都喜欢阿叶……"

"哎哟,小黑,你说什么呢?呵呵,你爱上我了吗?净说些大人的话,别再这么讲了。"

叶子像个要强的少女一样,若无其事地讲完以后,快步跑到化妆间去了。

黑吉眼中的背影渐渐模糊,滚烫的热泪从发胀的眼皮里涌出,顺着脸颊淌过。

"和阿叶成为夫妇……"

曾经的幻想灰飞烟灭了。

簌簌落下的泪水中,叶子的离去是那样清晰,像锋利的耙子一样,肆虐在黑吉心中的每一个角落。

"小黑,想什么呢?"

黑吉呆呆地站着,喧闹的乐声突然传进他的耳中,他吓了一跳,回过头来。

"干吗?别吓唬我。"

"哈哈哈,我不是阿叶,你可真可怜。"

像个恶作剧的孩子一样笑得全身颤抖的不是黑吉所期待的叶子,而是同为马戏团少女演员的园道由子。

"有什么可怜的?"

"哎呀,我知道的。你和阿叶吵架了吧。"

"乱讲。"

"才没有呢,我知道得很清楚,我都看到了。阿叶可真奇怪,我挺同情你呢。"

"你这家伙……"

"别再讲这种大人话了！"

他很想这样说，却没能开口。

在这种孤独的时刻，黑吉总是想一个人静静。如果他独自一人的时候听到了温柔的安慰，拼命忍住的泪水就会化作热流，在心中奔流。

"没事的，阿由。谢谢你，没什么的。"

"是吗，那就好！"

由子说着，站在那里一动不动，好像还有什么话要说似的。

园道由子和叶子关系不错，但她没有那么美貌，演技也不是特别出众，只关注着叶子的黑吉和她自然没什么交集。但在黑吉重新审视叶子的现在，由子的出现又会在黑吉心中引起怎样的波澜呢？

"小黑。"

"嗯。"

"我呢，是不会对你口出恶言的，你把阿叶忘了吧。"

"为什么？"

"什么为什么？"

"这么说也没用啊。"

"我根本忘不掉叶子！"

"别多嘴了。"

黑吉冷声说道。

"可是，可是，反正你是不会幸福的。"

"你这话可真奇怪。反正我是不幸的——我又没有小由你这么漂亮。"

"算了，小黑，别这么说。你是在怀疑我吗？可不可以别这么乖僻。"

由子瞪圆了眼睛，不自觉地激动起来。

"你不知道吧，果然男生都不注意细节啊，你不知道阿叶的癖好有多么可怕吧？"

"阿叶的恐怖怪癖？"黑吉隐约想到了什么。

"可怕的癖好吗？"

"阿叶为人相当残忍，别看她那么漂亮——难道你没注意到吗？"

"果然是这样啊。"黑吉默默地摇了摇头。

"她残忍极了，无论是老鼠、青蛙还是蛇，她都能满不在乎地把它们杀死、撕裂。她自己偶尔也会对我说，有时候不见血就感到不痛快。多吓人啊。还有还有，她每个月一定有一次会发作得非常厉害。那时候，她就会用鞭子抽打你，这可不是胡说，你知道的吧。据说她打完你以后就会舒坦了，好可怕，太吓人了。她最喜欢看人被殴打的样子，当她看到别人全身是血、倒在地上的样子，就会想去拥抱他。她那人，说不定会杀人的。

她还说"'用手枪杀人简直蠢极了，如果是我的话就用短刀把人砍死,厉害吧'？阿叶很美，但她在说这些话的时候，眼睛闪闪发亮，简直……简直……小黑，小黑！"

黑吉默不作声地离开了多嘴的由子，踩着那草草搭建起来的、吱吱作响的后台地板，漫不经心地向观众见面台的方向走去。

台下有许多镇上的孩子，他们一边聊着天，一边出神地看着色彩缤纷的油漆画。

那幅画上画着叶子和黑吉组合表演杂技的身姿，华丽得仿似旁人。

"就算她再怎么打我，哪怕杀了我，我也喜欢她。"

"喊！"

黑吉摇了摇头，将浮现在眼前的由子那张喋喋不休的脸甩开。一直讲叶子坏话的由子自己才更像恶魔吧。

"由子算什么，她说什么都没用。"

他下意识地耸了耸肩。

七

叶子这个年轻美丽的恶魔曾经毫不吝惜地给予他暴风雨一般的爱抚,而现在,她可能已经对这只虫子——黑吉——失去了兴趣。

还是说,这只是叶子开的一个高明又固执的玩笑呢?

在黑吉想通这个最重要的问题之前,他被卷入了出现在他眼前的、更可怕的、异世般的混乱之中——浮现在空中的梦境。

就是它。

由于和叶子之间的问题,让那浮现在空中的幻象一度像旧照片那样失去了色彩。现在,它带着活生生的现实感,重新苏醒了。

白天,在众多观众面前表演空中飞人的时候,先是忽然看到叶子的脸,后来就发现了绝对不可能看到的"戒指"。这些让黑吉怀疑自己是不是疯了的"白日妖梦"以惊人的清晰度进入了飞翔于空中的黑吉的视野。

不管黑吉心里是否想着叶子,他每天至少都要表演一次空中飞人。

当他飞跃在空中的时候,简直没有一根神经是懈怠的,在那一瞬,所有神经都像被拉伸到极限的钢丝绳一样,紧绷、清醒、忘我。

"既然如此，为什么还能悠闲地做梦呢？"

这是一个短期之内无法解决的问题。

"莫非我脑袋里长虫子了？"

就连认真考虑这种问题都有点可笑。

那些幻象内容都很荒谬。不知名的杂草茁壮地生长着，硕大的深红色花朵盛放之后，花瓣转眼就如同滴落的血液一样飘落；又或者，自己像蜻蜓一样飞舞在一座怪石嶙峋的庭院中。啊，我是什么时候变成鼹鼠的呢？不得不在漆黑而温暖的地下一直挖下去……

不过，如果都是这样的梦倒也还好。

要是都是些无聊的东西，就没什么好怕的了。可是，梦境却夹杂着幻象。

但那枚戒指的发现呢？明明绝对、绝对、绝对不可能看到的东西，却清晰地出现在他眼前。

在他被甩飞之后的瞬间，在梦中也无法忘却的叶子的幻影，如同妖云一般，把黑吉用力拖进四维宇宙之中。

简而言之，它不知不觉地变成了"预言之梦"。

回想起来，那枚戒指的发现的确是"预言之梦"的开端。

如果说梦是记忆的反刍,那么,浮现在空中的幻象则是未来的梦。

一个秋日,黑吉如往常一样,在叶子的配合下,像子弹一样飞向了没有任何支撑的、虚无的空中。

他看到了马戏团在下一座城镇里演出大获成功的样子。

之后在接下来的城镇,开演第一天就人气爆棚。

盛况空前的第一天散场之后,突然静下来的马戏棚里难得地响起了师父愉快的笑声,就像久违了的春天一样。观众满座的时候,谁都是兴高采烈的。

"大家过来一下——人齐了吗?"

师父穿着登台穿的晚礼服,一边得意地抚摸着胡须,一边环视着马戏团的人。

陶瓷酒壶被拿了过来,乱哄哄的小屋又热闹起来。

昏黄的灯光下,喝醉的小丑踩着吱嘎作响的地板开始跳舞,穿着印花短褂的小伙子,戴着高筒礼帽的绅士,穿着肉色紧身衣、散发酸甜体臭的女士们,都像上了发条的玩偶一样,在空荡荡的马戏棚里鬼叫着展开了一幅地狱画卷。

每当耳边响起激烈的笑声,黑吉就会"咚咚"地敲自己的头。他一直盘腿坐在马戏棚的一角,眼睛却布满了血丝。

"和,和我之前看到的完全一样……"

陆续出现的异象,简直就是他在空中所见的梦境的完美重演。

就连平时因为怕抖而不敢碰酒杯的源二郎爷爷的醉态也——

黑吉背后冷汗直冒。

而叶子和义公之间暧昧又奇怪的舞蹈,在另一种意义上,也是一场压力巨大的噩梦。

匆匆饮下的苦酒在喉咙里"咕噜咕噜"地响着。

"到底哪个才是真的?"

"我是不是在做梦呢?"

这简单的疑问让他不知所措。

真让人受不了啊!黑吉急着想用酒把自己的神经全部麻醉……

黑吉开始尝到在空中飞翔的恐惧。同时,他也感到了一种莫名的魅惑。

但他做的下一个"预言之梦"十分不吉利,他看到马戏团特别不上座。

而且,事实简直就像用底片重新洗出来的照片一样,和他所预见的丝毫不差。演员简直比观众都多,只能叫人来看。

黑吉飞翔在空中的时候,紧紧攥着拳、咬着牙,拼命地飞跃着。

"一定要再预言一次啊。"

可是——这到底是怎么回事呢？"预言之梦"不再预示幸福了。

"可能是偷窥了天机的缘故吧。"

黑吉摇了摇头。

"即便如此，也不关我的事。"

他习惯性地耸了耸肩。

"再这样下去的话就解散吧！"

师父更生气了。叶子、由子、义公、仙次，每个人都感到很压抑，话少了许多。就连源二郎爷爷也是一边晒着坐垫，一边呆呆地望着天空。

"可不关我的事啊！"

黑吉心中默念着，感到十分不安。

"我只是以前做过同样的梦罢了……"

"这可不行！"

好像从哪里传来了这样的声音，令人毛骨悚然。

"大家都到齐了吗？"

师父好像想到了什么，把马戏团的人都召集起来，开口说道。

"人都齐了吧。大家都知道，最近不景气，我已经支撑不下去了。我们去下一个城镇试试，不行的话只能解散了。"

大家鸦雀无声。

"解散！"

这句话就足够了。虽然大家都有点预感，但还是感到愕然。

"解散！"

黑吉突然有种措手不及的感觉。

"我要和叶子分开了。"

其实马戏团解散本身没什么可怕的，但他无法忍受和叶子分离。黑吉攥着的拳头不由得颤抖了起来。

"可恶！无论如何……"

他下定决心，无论多么艰苦，也要做一个"好梦"。

乐队已经奏起了热闹的音乐，但黑吉仍然独自一人躲在后台。

"小黑，振作点。"

不经意间，换上了演出服的叶子带着比平时还要紧张的表情，拍了拍黑吉的肩膀。看来她也被"解散"触动了。

黑吉忽地抬起头来。

"嗯……"

要是在平时，哪怕只被她拍拍肩膀，他也会感觉十分激动，但今天他却只点了点头。

"阿叶,一起加油吧。"

"嗯。"

"我不想和阿叶分开,那样太痛苦了。"

"嗯,怎么说呢……这不是拼命努力能解决的事,没办法的。"

"可是……"

"要是你还这样闷闷不乐的话,干脆就摔死自己吧……"

"就算摔死我也不想自己一个人,我会把阿叶你也一起拽下去……"

"算了,哼,反正就那么回事吧。"

她眼睛一闪,留下一句轻飘飘的话就匆匆走了。

黑吉依旧伫立在那里看着叶子的背影,她的腰肢诱人地扭动着,让他感到一种近乎强烈憎恶感的诱惑。他闭上了眼睛。

"无论如何都要做个好梦啊!"

闭上眼睛以后,喧嚣的乐声从耳边呼啸而过……

× × × ×

到黑吉上场了。他穿着肉色紧身衣,向寥寥几位观众行了个注目礼,便盯着天花板上的秋千看,然后他飞快地爬上绳子，同时脑海中想的都是"好梦"。

不一会儿，秋千摇晃着整个马戏棚，幅度非常大。

"哎？"

黑吉的血倏然退去，整个人飞到了空中。

"啊——"

就在几位观众低声惊呼的时候，黑吉已经转移到了叶子的秋千上——这不过是呼吸之间的事。

"不行啊——"

黑吉用一只手擦了擦苍白的额头。

"不行，不行啊……"

不知为何，只有今天没看到飘浮在空中的"白日梦"。

"莫非我没有预见的力量了吗……"

不知为何，在黑吉满心期待的时候，那曾经让他无比恐惧的"白日妖梦"却没有出现。

"好，再试一次！"

叶子用脚尖钩住秋千倒垂下去，柔软的手抓着黑吉，在空中摇晃着。血液倒流的黑吉气喘吁吁地思考着。

"哇……"

叶子喉咙里传出一声恐怖的紧巴巴的声音，瞬间消散。黑吉一个翻身，紧紧抓住了原来的秋千，喘了口气以后，一屁股坐上了秋千，听到下面遥遥传来的热烈掌声，顿时满身大汗。

可是黑吉连汗都忘了擦。

"还是不行。"

没有"做梦"。

视野如同转场中的舞台一样黑暗。正因为如此,他更想看看"下一个场景"——是吉是凶。

不久,他回过神来,一溜烟地顺着绳子爬了下来。回到后台以后,满脑子想的都是这件事。

暮色降临,华灯初上,后来又一盏盏地熄灭了。

已经散场了,周围一片静寂。不知道几点了,黑吉刚躺下,又爬了起来。他的眼睛像是被什么东西附上了一样,发出了异样的光芒。

无论如何他都睡不着。这个马戏团的未来,直接关系到自己和叶子的明天,这未来究竟是吉是凶呢?

吉的话则好,凶的话……

"就算马戏团解散了,我也不会离开叶子的。"

"如果要分开的话,干脆把阿叶杀掉……"

即便这么想,他还是很在意"明天"。一般来说,明天的事情是不可控的,但不知是幸运还是不幸,黑吉竟然不知怎么就掌握了窥视未来的方法——虽然这可能是对可怕"未来"的亵渎。

难以忍受的黑吉悄悄地溜了出去,悄声爬上了马戏棚高高的天花板。

上去一看,风景与平日全然不同。空无一人的观众席上清亮一片,头顶上帐篷的接缝在夜风中猎猎作响。

远远望去,宛如谷底的舞台上,只有一盏昏黄的电灯发出微弱的光。

黑吉放下被卷起来的秋千,轻巧地跳了上去,开始像数数一样,一下一下地用力荡了起来。

秋千划出的圆弧越来越大,随着加速度的增加,寂静的马戏棚发出了令人吃惊的"嘎吱嘎吱"的响声。

他不经意地往下一瞧,看到不知什么时候醒来的叶子和由子,她们穿着睡衣,嘴巴一张一合地挥着手。虽然不知道是什么意思,但黑吉还是点了一下头,然后闭上了眼睛,继续用力荡着秋千。

"啊!"

黑吉发出一声呻吟似的叫喊,像子弹一样飞向了马戏棚昏暗的空中。

"啊!"

黑吉犯了一个可怕的错误。平时总是有助手把对面的秋千放好的，但是今天对面显然没有助手，而他只顾着思考，却忘了把对面的秋千放下来。

"糟了！"

刚想到这里，他就看到被卷起来的秋千一角一闪而过。

"哇！"

他在虚空中扭动着身体，可这都是徒劳的，已经晚了。

黑吉发出惨绝人寰的叫声，在空中急速旋转了几圈，然后以骇人的速度在阴森的马戏棚里直线跌落。

由子发出"啊"的一声，脸上失了血色，踉踉跄跄地坐到了地上，把头埋在膝盖里，就连叶子也在瞬间移开了视线。

与其说是坠落，不如说是砸向大地更为贴切，发出了一声巨响，而黑吉连哼都没哼一声。

叶子立刻跑了过去，重新看了一眼黑吉那几乎贴在马场沙地上的惨不忍睹的身子，然后把他的上半身轻轻抱起来，低声说道：

"小黑，小黑，你太厉害了……是吧……真的很厉害……"

然后，就像做梦一样薄唇微张，仰视着马戏棚高高的天花板。

八

黑吉在狭长黑暗的"地狱"里喘个不停，等他恢复意识的时候,发现自己正躺在弥漫着消毒水味道的医院角落里。

"我还没死吗?"

半梦半醒中,他这样想着。最先感觉到的就是——除了左眼和嘴,他的脸、头部以及全身都缠着厚厚的绷带。

然后,看着看着就觉得一阵眩晕,早已忘却的疼痛忽然复苏,不断压迫着他,让他再次陷入无尽的昏睡之中。

不知过了多久,叶子的脸隐隐约约地浮现在眼前,他猛地睁开眼,但身体还是像被钉在床上一样动弹不得。疼痛和寒战似的痛苦顺着血管,一直慢慢渗透到脚趾……

"阿叶——"

他说胡话般地喃喃自语,可是嘴唇也只是痛苦地微微痉挛了一下而已。

黑吉用视力微弱的左眼凝视着连远近都看不清的病房天花板,突然,看到了一张表情僵硬的"女人"的脸。

"阿叶!"

他的眼睛像是蒙上了一层雾,忙眨了眨,结果还是只能看到一些模糊的物体,之后整个病房突然变得扭曲起来,簌簌落下的热泪被眼角的绷带吸干,周围顿时暗了下来。

"哎呀,我哭了呢!"

他一边这么想着,一边仔细地盯着那个"女人"的脸,可能是看错了,貌似那不是叶子。

"护士吗?"

他这么想着,但自己好像在哪里见过那张脸。

"如果是护士的话,我应该不会认识的。"

黑吉闭目思索着,全身变得懒洋洋的。

那个"女人"好像在闭着眼睛的自己耳边小声嘀咕着什么,黑吉听不太清楚,但他又想听个明白,只是身体就像碎裂了一样,火辣辣地疼着。

从那之后好像过了一个多星期,眼看着本就比常人强壮一倍的黑吉逐渐恢复了健康。

能开口说话以后,他最先打听的自然是远东马戏团的消息。可是,查房的医生同情地低声回答了他以后,却把他再次踢进了深深的谷底。

"那个马戏团已经解散了……"

医生的话给他带来的打击比那天从马戏棚上空倒栽下来还要严重。

"医生,我还有救吗?"

"没事的,你真的很幸运,刚好坠落在沙子上。"

"……"

"怎么了?疼吗?"

"不,我还是死了比较好,那样我就解脱了……远东马戏团解散的话,就没饭吃了……"

"最重要的是,我不想和阿叶分开。"

"……而且我连字都写不好,不会有人雇用我的……"

医生已经去了其他地方,而黑吉还在一个人喃喃自语。

"可是,等等——"

"到底是谁送他来住院的呢?是团长吗?"

可是,师父应该已经没有多余的钱了,要是有也就不用解散了。

"是谁呢?"

黑吉那微薄的薪水当然没能攒下来,为了讨叶子的欢心,他几乎花光了所有的钱。

"这个好心人到底是谁呢?"

与此同时,他想:"是那位我在半梦半醒期间第一个看到的'女人'吗?可那又是谁呢?"

"要是阿叶的话……"他试着想道。

可是首先那张脸看着不像叶子,其次,那个挥霍无度的叶子也不可能有这么多钱。

虽然不知道是谁,但黑吉已经复原了。

"原来有人在守护着我啊!"

想到这里,在阴暗的马戏团长大的他感到无比的温暖。

而且,他想衷心地感谢那个人。

他虽然身受重伤,但内心却反而激动了起来。

像往常一样,医生又来查房了。

"怎么样?"厚厚的近视镜的后面,是老医生柔和的笑眼。

"嗯,好多了。"

"是吗,那太好了……状态不错。"

"我什么时候能出院呢?"

"还早着呢。你先别急,在这里休养吧。"

"可是,可是我没有钱……"

"哈哈哈哈,你不要担心,这里是慈善医院。"

"慈善医院?"

黑吉不太明白这个词的意思。

"看来是不用花钱的地方啊!"他推测道。

"那么——"他问医生,"您知道哪里有马戏团吗?"

"嗯,为什么这么问呢?"

老医生回过头来。

"那个……我出院以后,必须要养活自己……"

黑吉哀求似的仰望着镜片后面的那双眼睛。

"你还打算表演杂技吗?单腿!"

"哎?"

黑吉愕然了。

"单腿！"

这句话简直是晴天霹雳。

黑吉被莫名的恐惧吓得全身发抖，不由得忘记了手臂的疼痛，从自己的胸口摸到腹部，又从腹部摸索到腰间。然后，从腰间……啊……从腰开始，无论他怎么摸索，手一到那附近就会"扑通"一声落在床褥上。

啊——

"我的右腿没了！"

"我已经没有右腿了！"

在厚厚缠了好多层的绷带下面，他满头是汗，感觉全身的血液都"唰"的一下退去了，周围就像被放了毒气一样，开始呼吸困难……

"我成了残疾人。"

今后究竟要怎样谋生呢？

面对自己如此悲惨的命运，他哭干了眼泪。

既然要截肢，干脆把左腿、右手、左手统统都截掉不就好了……反正我也无法在空中飞翔了……是啊，我再也不能在空中飞翔了。

于是，在黑吉的脑海中，对杂技、对空中奇妙感觉的憧憬，如同洪流一般卷起漩涡又飞散开来。

"一次,哪怕只有一次也好,好想尽情体验一下那种快感啊……"

到了第二天,黑吉已经不再去想一条腿的事情了,但他想在空中飞翔的欲望却更加强烈了。

那"咚咚咚咚"响彻整个秋千的心跳!

那"啊"的一瞬,飞到空中的虚无的陶醉感!

还有浮现在眼前的"明日之梦"!

是多么有魅力的东西啊!

黑吉已经成为这个常人无法窥探的"白日妖梦"的俘虏。

为什么在失去全部支点、身处空中的时候,会看到那样离谱又准确得令人毛骨悚然的"明天"呢?这是一种很难解释的心理现象。但对黑吉来说,那是催眠术还是妖术根本无关紧要。他就像个瘾君子一样,根本不知道那么做会带来什么样的结果。他仅仅是沉溺其中就感到很幸福了。

黑吉整天都盯着满是污渍的天花板,满脑子都想着这件事。

"哒,哒,哒……"有脚步声穿过走廊停在了黑吉的病房门口。

"已经可以了吗?"

这声音正是女人的声音,是黑吉记忆中的那个声音。

"叶子！"

他光顾着想单腿在空中飞翔的事情，差点把这个名字忘记，这时突然想起来了。几乎与此同时，门被推开了，静静地走进来的却不是他期待中的叶子，而是由子。

"是……由子啊……"

黑吉明显感到失望，起来一半的身子又颓然倒下了。

"小黑，你怎么样了？"

"嗯……"

"你恢复得这么快，真是太好了。"

"嗯。"

"你还是不舒服吗？"

"没有，我完全好了。"

"是吗，那太好了。"

"叶子呢？"

"叶子？"

由子一脸不快，但马上若无其事地说道："阿叶啊，马戏团解散以后，她立刻和义公去投奔东京的叔叔了。"

"和义公——"

黑吉心头一热。

他一想到叶子和那个做作、幼稚的义公像新婚宴尔似的坐火车走了，就感到头晕目眩，心跳加速。

"阿叶也真是的,至少也来探望小黑一回呀!"

由子故意这么说,偷瞥着黑吉的脸色。

"瞎说什么。"

他想这样说,可是话到嘴边却发不出声音来。只能哆哆嗦嗦地扯了扯嘴角,莫名地簌簌落泪。

"哎呀,你怎么啦?"

"没事,腿有点痛。"

黑吉别过脸去。

不是腿痛,其实是心痛得要爆炸了……

过了一会儿,黑吉终于转了回来。

"由子,抱歉啊,你是不是常来看我呀……你哪也不去吗?"

"哎呀,有什么可抱歉的。来探望你不是理所应当的吗……因为我觉得小黑很可怜,而且……"

虽然她话没说完,但黑吉完全听明白了。

"由子,谢谢你的好意……可是我,我比以前更丑陋了……而且只剩下一条腿了……呵呵。"

黑吉连声音都变得沙哑了。

"我知道……所以更同情你了。"

"哼,真是的。"

"没关系,没关系的。我喜欢你的内在——脸啊、跛脚什么的都不重要。"

由子满面通红地转过头去,耳垂泛起了红晕,上面挂着的两三根碎发微微颤动着。

黑吉被这位不似少女的由子的大胆言论吓了一跳。那个穿着肉色紧身衣跑来跑去的由子——喋喋不休的由子——而今虽然贫穷,但仍然穿着一件像样的和服,还像大人一样束着带子。就像她讲的话一样,由子已经是大人了。如春草般旺盛的生机,定然在血管中高声地奔流着。那令人窒息的胸部曲线和细细的腰肢,虽然不像叶子那样动人心魄,却也散发出了温暖芬芳的生命之美。

黑吉闭上了眼。

这个粗鲁又清新的由子闯进了他的世界,但他却莫名觉得自己得忘掉这些。

对他而言,叶子娇媚的脸庞太过生动,已经深深刻在他的心里了。

"叶子是和义公一起走的。"

"叶子压根没把你放在眼里……"

纵使他这样想,却还是无法放下对她的迷恋。

"阿由,离开这里以后,我还是想去演杂技……"

黑吉换了个话题。

"哎呀,可是……你身体不方便……"

"但我忘不了在空中表演的感觉,我想忘掉一切去飞翔……"

"可是……恰恰与你所说的相反,空中表演其实讲究的是节奏,如果和秋千的节奏不协调的话就危险了。"

"是啊……"

"而且,而且你只有一条腿的话,节奏不是完全不同了吗?用单腿荡秋千和双腿用力的效果完全不同……恐怕连一般距离都飞跃不到。"

"嗯……"

"是啊,的确如。"

黑吉失望地陷入了沉思。

"难道我再也表演不了那项杂技了吗?"

"我再也不能表演空中飞人了吗?"

"阿由,你有什么好办法吗?什么都行,什么都行的。我想尽情放飞自己的身体,喂,要不然干脆从高山上跳下去怎么样?"

黑吉咬牙切齿地说。

"喂,喂。"

那位老医生过来了。

"你别这么激动啊，怎么了？"

"啊，医生，医生，有没有可以在空中飞翔的工作呢？我想找一份可以尽情飞翔的工作,即使没有腿也可以胜任的……"

面对突如其来的提问，老医生先是愣了一会儿，然后盯着左眼在绷带之间闪闪发光的黑吉说道：

"那么，你开飞机怎么样？不过你好像不会驾驶飞机啊……对了，告诉你个好消息，从这坐火车到达的第三座城镇有一个'柏木航空研究所'，在那里有时能听到飞机的声音。那里现在好像在招募伞兵，你觉得怎么样？"

"伞兵？"

"你不知道吗？就是用降落伞从飞机上往下跳。"

"啊！那，那太棒了……可是，医生，估计他们已经招满了吧。"

"怎么这么说呢，那可不容易招满啊，毕竟是冒着生命危险的工作嘛。那里在研究一款新型降落伞，好像需要做实地测试，所以在招人，好像每次给十日元。"

"十日元！竟然能给十日元吗？"

黑吉和一旁的由子都不由得睁大了眼睛。他们几乎没见过十日元纸币。

"十日元不算多啦。要是降落伞没打开的话，不就完蛋了吗……来，换药了。"

医生说着，开始协助护士解开绷带。

但黑吉并未感到疼痛，他正沉浸在对飞机划破苍穹、银色机翼闪着光穿过茫茫云峰的雄壮姿态，以及自己从飞机上翩然跳下的飒爽英姿的忘我想象中。

"伞兵，伞兵。"

黑吉一遍又一遍地念叨着这个刚刚听说的词，仿佛这是他从出生之前就向往已久的词一样。

"或许还能看到空中的白日梦吧。我这次会看到怎样的幻象呢？"

"莫非是阿叶和我……"

他的心怦怦直跳。

这诡异幻影的魅力！

他兴奋得头晕目眩，激动极了。

而由子也因想象着"获得高薪的黑吉"而兴奋不已。

九

在那之后过了不到一个月，一个丑陋的、少了一条腿的可怕男人来到了"柏木航空研究所"的前台。

他自然是鸦黑吉。

男接待员一听到这个怪物般的小个子男人要报名跳伞，不禁失笑：

"你……别开玩笑了,你知道什么是伞兵吗?呵呵呵……你要是能成为伞兵的话,我一百年前就能当上伞兵了……"

但黑吉忍着对方的嘲笑,坚持与之争辩着,在对方把申请转达给所长之前,他甚至几度落泪……

那位所长也是只看了黑吉一眼就目瞪口呆地问:

"你?是你报名伞兵吗?"

"是我,拜托了,千万拜托您。"

"不行啊,跳伞对普通人来说也是很难的,更何况你只有一条腿。"

"可是,伞兵也不需要腿吧。我以前是杂技演员,表演的都是高难度杂技动作,从飞机上跳下来对我而言是小菜一碟……拜托了,千万拜托您,除了当伞兵以外我也没有其他生路了。"

黑吉苦苦哀求着,像在前台那会儿一样说得口干舌燥。

这个丑陋又凄惨的残疾人,满眼含泪、切切恳求的样子,与其说是悲伤,不如说是凄惨。

"求求您了,就算是死了也是我的错。哪怕让我试试,看我能不能做到……"

一直不松口的所长也终于妥协,说道:"真拿你没办法。那么,如果你死了也无所谓的话,就试试吧。"说完,他撇了撇嘴。

黑吉当时的喜悦之情简直难以言表。

他那张可怕的脸上堆满了扭曲的笑容，挥舞着并不灵活的拐杖，在房间里"咚咚"地走来走去，最终发出了异样的、呻吟般的欢呼声。

随后，他在门外发现了因担心而跟过来的由子的身影，于是像蚱蜢一样冲了过去，像婴儿一样依偎着由子哭了起来，似乎有流不完的泪。

又过了半个月，黑吉康复了，地面训练也结束了，终于迎来了第一次飞机同乘。

第一次坐飞机的感觉——美妙至极……

轰鸣声消除了所有不快的回忆，仰望着无边无际的蓝天，没有任何事物在意他丑陋的容貌。仅仅如此，对他来说就已经是无上的愉悦了。看！遥远的下方是连绵起伏的群山和银蛇一般弯弯曲曲的河流，森林摇摇晃晃地掠过，银盆般的大海不时投来嫉妒的目光。不久，离地面越来越高……

黑吉高兴得忘乎所以。

"这比想象中的还要棒！"

"我要在这风景中空翻着跳下去！"

"在那沉默的世界里，一定还有敢于发声的梦想。"

想到这里，他有种想要立即跳下去的冲动，不由得好几次紧紧抓着机舱门把身体探了出去,俯瞰遥远的地面。

"怎么样?"

从这家研究所得到的微薄补贴姑且可以解决黑吉当天的生活。由子去了镇上唯一的一家咖啡馆,当起了女招待。

她在那家太阳咖啡馆工作跟上班族差不多,没什么小费,于是她常趁着老板不注意的时候,跑到杂货店的二楼来找黑吉。

"怎么样啊?"

"嗯,棒极了,阿由!"

"啊,是吗!"

"可……怎么说呢,反正杂技和飞机比起来简直小巫见大巫。真棒啊,飞机。"

"嗯,很棒吧,我也想坐坐呢!"

"不行,女人怎么能坐呢。"

"哎呀,怎么说话呢?竟然说女人就不可以坐?太过分了,太过分了……"

由子做作地从鼻子里哼了一声,浑身散发着媚态,摇了摇黑吉的肩膀。

"好了啦……"

黑吉说着，用粗糙的手抱着由子浑圆的肩头。

他觉得很不可思议。

他人自不用说，连他自己也觉得自己的身体和容貌比别人丑陋一倍。天生丑陋的黑吉在从秋千坠落的事故中，失去了一条腿和一只眼睛，而且脸上有一道粗如蚯蚓般的瘢痕，一直从右上方贯穿到斜下方。现在他更不愿意照镜子了，不，他从以前就特别讨厌能如实照出自己丑陋面目的镜子——叶子也好，由子也好，为什么对其貌不扬的自己有特别的"好感"呢？是女人的好奇心吗？还是女性喜欢从一个极端到另一个极端的心理呢？

"阿由。"

黑吉把下巴搭在由子柔软的肩头，入迷地看着她雪白的脖颈：

"由子，你为什么会喜欢我这种怪物似的男人呢？店里应该会来许多美男子吧。"

"说什么呢，哼，我最讨厌来店里的那种小白脸了。表面看起来不动声色，心里想的都一样。反正来这种地方的人都是色狼，又下流又……反正很讨厌。"

由子用出人意料的强硬语气，发泄着对"客人"的不满。

"哼，比起那种狼一样的家伙，我更喜欢你这样的人。"

这是一种很成熟的恋爱心理。比起别人，由子已经积累了二十年的恋爱经验——在马戏团的时候明明觉得她是个小女孩呢。

"是吗？那么为了得到女孩子的喜爱，还是故意装得若无其事比较好呢。"

"嗯，是吧，不过……你要是总这样我就不理你了。"

由子像个大人一样瞪着他。

"不会的，我怎么会那么做呢。"

黑吉火辣辣地盯着那碎发拂过的颈部："我不会的，我怎么会呢……"

他一边说着，一边用手抚摸着由子。那腰带的上方竟意外丰盈，像吸盘一样，把他颤抖的手指紧紧吸住。

由子回过头来，神情复杂地默默一笑，她的脸已经不再是少女的脸庞了。

"哎呀，不行，不可以。"

她一边说，一边把黑吉的手紧紧抱在胸前，不肯撒手。随后闭上了眼睛。

黑吉也闭上了眼睛。怀里是令人蠢蠢欲动的身体，和心中的叶子重叠在一起，简直有种在紧紧抱着叶子的感觉。

"阿叶。"

这么一想，怀里的女人已经不是由子了。

他有些热血沸腾。

"阿叶！"

他在心中大喊着，一边呐喊，一边抚摸着由子的脸颊，把她紧紧抱住……

那天，黑吉和叶子结合了，由子和黑吉结合了。早熟的两个人彼此都很满足。

完成了两三次出色的同乘试验以后，黑吉终于决定把生命寄托在一根绳索上，进行第一次试跳伞。

跳下去以后，嘴里数五下，用力拉住绳子打开降落伞，然后悠闲地拥抱天空就可以了。

但那是多么惊险的一瞬啊！万一拉绳没能打开降落伞的话……

千分之一，万分之一，不，黑吉绝对无法活着站在地面上。

而且这个降落伞还在测试中，谁能确保它绝对安全呢？设计降落伞的工程师虽然很有自信，但最后必须反复进行实地测试。

如果有一根绳子出了错，如果叠法出了错……很显然，黑吉就会粉身碎骨——这是多么可怕的工作啊，这是多么不要命的试验啊。

伞兵就是天空中的世界公民。

那天,研究所的职员们都在地面屏住呼吸,目不转睛地盯着银色的机翼在空中轰鸣着飞掠而过,想看看残疾的黑吉到底能做出怎样的跳跃动作。

飞机像一只僵硬的老鹰一样盘旋着。

这种老式训练机为了能听清飞行员的指令,必须在耳朵里塞一个耳机。

"喂!"

黑吉像是听见一阵巨大的响声,又像是听见蚊子的叫声。由于周围充满了喧嚣声,所以分不清声音的大小。

"东北风十米每秒……如果能看到右边的机场就跳下去……即将到达机场上空……马上……听好了,喂,准备……"

飞行员的声音断断续续地传了过来。

黑吉静静地摘下耳机,解开安全带,抚摸着背在背上的降落伞,闭上了眼睛……

他眼前什么都没有,他也并不害怕……之后,他又静静地睁开了眼睛。前方的飞行员回过头来向他挥手,飞行镜闪着光……

在地面的职员们的眼中,飞机闪闪发光。接着,从飞机里跃出一个灰尘般的黑点。

"黑吉跳下来了。"

另一方面，黑吉像游泳一样从飞机上跃下以后，就在黑暗的、触不到边际的世界里无限坠落了下去。

在激烈、动荡的空气中，所有的色彩和感觉都涌入黑吉的脑海中，瞬间爆发出一道奇异的、彩虹般的火花。下一瞬间，他眼前出现了一张陌生女孩的可爱的脸，正微笑着注视着黑吉。

"谁…？"

他想再看看，于是用力转动身体，同时脚边传来了炸药爆炸般的恐怖声音。与此同时，黑吉被一股可怕的力量往上提起数十米，在空中晃来晃去。

降落伞打开了。

黑吉在转身的时候，下意识地拉了打开降落伞的绳子。

"如果就那样沉醉在梦中，忘记打开降落伞的话……"

他自然会头朝下摔到地面上。

他想起自己被结实的绳索吊在半空中时，曾经陶醉在那奇妙的幻象中，顿时觉得后背一阵恶寒。

黑吉战战兢兢地往下瞧了瞧，地面已经越来越近了，田地里的一棵松树就像沼泽里的水草一样，弯弯曲曲地向上伸展着。

黑吉一落地,职员们就一脸担心地跑了过来。他默默接过拐杖,像是要甩开那些人一样,在广阔的机场上漫无目的地飞速走了起来。

他满脑子都是刚才那个幻境中的女孩。

"究竟是谁呢?"

"啊!"

他猛地站住了。

"那,那不是阿叶吗?"

"没错,是阿叶,那确实是阿叶。"

虽然彩虹中的阿叶不是很清晰,但好像是梳着岛田髻……

"为什么呢?"

这个疑问就像前方的机场一样大。

"可能是因为我一直在想阿叶的事吧!"

而且,幻象中的叶子为什么梳着以前从来没有梳过的岛田髻呢?

"在空中飞翔时的梦是预言的梦,如此说来,最近就会见到梳着岛田髻的阿叶了吧?"

黑吉猛地抬头瞪着天空。或许是错觉吧,他的眼中闪烁着野兽般的光芒。

"阿叶……不是和义公去东京了吗?"

他又颓然低下头来。

"不可能重逢的。"

黑吉穿过研究所的后门,沿着灰白的道路,漫无目的地向街道尽头走去。

他头脑发热,面红耳赤,拖着的那条腿像木板一样坚硬。

他越来越累,终于无法忍受了。他好想哇哇大哭,想马上倒在马路正中间……

干巴巴的喉咙和血丝密布的眼中,忽地映出了一块小酒馆招牌,写着"来一杯,千鸟食堂"。

他用肩膀拨开满是污渍的门帘,走了进去。

屋里是没铺地板的泥地,地上摆着三四张长凳,店里光线有点昏暗,超级没气氛。

屋内空无一人。

"喂——"

黑吉叫了一声,随即从和店里连着的、高出一截的起居室那被熏黑的衣柜的阴影处传出了沙哑的回应:"来了——"

"哎,有客人——"

紧接着老板的话音传来的是与这家老酒馆极不相称的、爽朗的年轻女子的声音:"啊呀,欢迎光临……"一名穿着红漆木屐、梳着岛田髻的女子如同绽放的花朵般,一下子走了出来。

"欢迎光临,有什么……"

"啊——"

"哎呀——"

"阿叶！"

"是阿叶！那空中的梦果然是真的……"

黑吉愕然。

他像个傻瓜一样，张着嘴呆立在那里，一言不发。

"本该和义公去了东京的阿叶，竟然在这种地方的酒馆里。为什么，为什么，为什么……"

十

"阿叶，好久不见。"

"确实……"

"那个……我听说你去了东京……"

"是的，我去了一趟东京，不过我要找的叔父不在那，据说他回到了这里，我就来了。"

"是吗，那个……那个……义公怎么样了？"

"义公？哦，他是个没用的家伙，因为太倔强了，所以就在东京把他甩了。你知道的事挺多呀，小黑。"

"小黑！"

这话已经几个月没从她那可爱嫣红的小嘴里听到过了，甚至有种几十年没有听到过的感觉。

叶子的口吻不似少女，反而有种泼辣的味道，带着一种令人心醉的韵律感。她梳着天真的岛田髻，抹了油的头发彻底动摇了男人的心。她的发香和体味混合在一起，成为了令人心动的媚香。

"叔父喜欢这个发型，我就这样梳了。"

说着，她一边微微俯首，一边抚摸着后颈，美极了。

黑吉已经感到头晕目眩了。

"阿叶，阿叶……我想你。"

"你不是见到我了吗？"

"嗯，太好了，真是太好了——"

黑吉仿佛终于触碰到了自己苦苦追寻多年的宝石一样，激动不已。

叶子除了对这个以前就长得丑的少年变成了独眼、单腿的怪物感到吃惊以外，对于两人的重逢并无其他感触。

换言之，只有黑吉一个人感到兴奋而已。

可是，两人在这种地方相遇，怎么想都是偶然的。

黑吉认为,叶子唯一的叔父在这里开酒馆是神明的安排。不，是"预言之梦"的作用。

"阿叶，我在来这里之前就见到你了。"

"啊？什么时候？"

"就在刚才。你看，我以前不是告诉过你吗，我在空中飞翔的时候会做梦,就是那个。今天我在跳伞的时候,突然就看到了你的脸。"

"啊,是吗?"

叶子露出一丝恐惧的表情。

"有点恐怖呢!"

"没什么可怕的。我,我总是想着阿叶啊!"

"唉,我很讨厌说这种话的人——男人为什么都这样呢?义公也总这么说,所以我才变得讨厌他,和他分手了。"

"义公……"

混蛋!义公竟然喜欢阿叶。

黑吉不禁攥紧了拐杖。

"怎么了,小黑?"

"不,没,没什么。"

"是吗?"

"喂,阿叶,要不要来找我玩?"

"行吧?"

"嗯!谢谢你!我住的地方就在研究所正门的那条路上,一直往前走,左边有一家叫'广田屋'的杂货铺,我住在二楼。"

"一个人住吗?"

"是啊,当然了。"

"哎呀,真了不起呢,居然能自己住呢……我最近就去。"

"说好了啊,一定啊!"

黑吉出院以来第一次这么开心,他随意哼着小曲儿,像大人一样喝得醉醺醺地回来了,连后面跟着满脸好奇的叶子都不知道。

"唉,今天是怎么了!"

终于爬上二楼的楼梯时,头顶突然传来这样的声音,吓了他一跳。

"什么,是由子啊?"

"哎呀,你很精神嘛。"

"是啊。"

黑吉伸出一只脚:"阿由,我今天见到阿叶了。"

"啊?见到阿叶了!"

"嗯,是阿叶,是叶子,和我关系挺好的那个——"

"哦,是吗?在哪里?"

或许是错觉吧,由子好像不快地低下了头。

"我和你说啊,在后门那边不是有家叫'千鸟'的酒馆吗?就在那。"

"啊,在那里啊,对了,听店里的客人说,最近那家酒馆来了一个非常漂亮的女招待呢。托她的福,研究所的人都跑到那边去了呢。她长得一定很像阿叶吧？"

"哼。"

黑吉竟然一脸不悦，沉默不语了。

"喂，小黑，阿叶和我，你喜欢谁？"

"嗯。"

"喂！喂！你说呀！"

"我，我……阿叶也……"

"是啊，反正就是这样呗，我算什么？"

"不，阿由，阿由，不是这样的……是吧……是吧……"

一身酒气的黑吉紧紧地抱住了由子颤抖的肩膀。

"阿由，你别觉得奇怪，我，我只是说好久没见过阿叶了，仅此而已……"

这时，楼梯吱嘎作响，叶子突然上来了。

"哎呀——"

叶子抓着门口的扶手，一眼就看清了这间狭小房间里的情况："小黑，挺享受嘛……呵呵……自己住？真可笑。阿由，好久不见，尽情疼爱这个残废的怪物吧。也怪我，太无聊了就来看看，结果你已经有约啦。请继续，再见吧——"

"啊，阿叶！"

黑吉一下就放开了由子，一边想着"糟了"，一边拼命解释道：

"阿叶，阿叶，你别误会，我们什么都没发生，只是刚好，刚好阿由过来玩。我还说要不要一起去阿叶那里玩呢，就这样……"

"真是够了，你不来也无所谓，特意把我叫来看你们亲热……哼，黑吉你真行啊，女，女人也一样。小黑，你才不要误会，我最讨厌你了呢……如果是商量要不要来找我的话，还用抱在一起吗？"

叶子脸色苍白，面露厉色，美得令人心悸。小小年纪就模样妖艳的叶子，用姐姐般的泼辣口吻刺痛了黑吉的心。

更何况，自己从心底全心全意爱着的，连做梦也忘不掉的叶子，讲出如此冷酷无情的激烈言辞，不啻毒针刺进黑吉的头顶。

"阿叶，你怎么……"

正想追上去的黑吉瞪大了仅存的那只眼睛，泪水湿了眼眶。

"够了，我不想再听了。"

叶子跑下了楼梯。

"等，等一下……"

黑吉用不灵活的单腿忘情地跳着追了上去。

"啊——"

瞬间，他从楼梯上倒栽了下去。

"嗯……"

他屏住呼吸，一瞬间模糊的视野中映出了头也不回地走掉的叶子那扭动的腰肢。

"小黑——"

黑吉终于扶着由子的肩走上了二楼，由子吃惊地说：

"小黑，你可真是丑态毕露啊，竟然这样抹黑我！哼，阿叶既然来了，干吗又慌里慌张地走了呢？你要是这么讨厌我的话，干吗不表现出来呢？我是因为觉得你身体不方便，可怜你才来的。哼，虽然我不是叶子，但我也不会原谅你的，真是的……用这种怪物似的脸叫我'阿由'，真是可笑。算了吧，以后不要那么叫我了。"

"我真傻，真心的同情却被这种男人玩弄、厌恶……呵呵，有意思，太有意思了。由子真是大笨蛋——"

由子咬牙切齿地咆哮着，最后鼻音渐重，压抑着涌上来的啜泣声，走了出去。

黑吉已经无力阻止她，不知为何，连擦眼泪的劲儿都没有了。

在一瞬间失去了叶子和由子，就像暴雨过后一般让人难以置信，似乎哪里还残留着什么可怖的东西。就算在此时，他仍然感觉叶子或者由子会一边笑着说"你好"，一边走进来。

然而这一瞬实在是太残忍了。自己曾经那样爱过的叶子,那么爱过自己的由子,因为这一点点差错就都离开了自己。

虽然有点对不起由子,可是仔细想想,其实有点怪——自己真正爱着的,真正满足自己的不是由子,而是叶子。

黑吉曾经在抱着由子的时候,把她想象成叶子,像爱抚叶子一样爱抚着她。换言之,黑吉认为由子的身体是叶子的幻影。温度不过是现实的写照而已。

黑吉拥抱着由子,陶醉在叶子的香味中。这是多么畸形的爱啊!这是对叶子多么强烈的思慕啊!在马戏团时,暴风雨之夜里的初吻,那时黑吉才十岁……

即使黑吉忘记了那位可怜的替身由子,也无法忘记叶子。

"阿叶……"

黑吉在潸然而下的泪水中,不停地呼唤着她的名字。

十一

从那以后,研究所的职员都嘲笑黑吉,连对他而言最重要的叶子也瞧不起他,但他还是忙里偷闲,拖着残疾的腿,频频光顾那家千鸟食堂。

马戏团解散时就已经被移情别恋的叶子所抛弃的黑吉,现在变得更加丑陋了,想要重获叶子的欢心几乎是不可能的。

"至少,她已经来过我家里一次了。"黑吉可能是这样想的。

可是在叶子看来,这只不过是水性杨花的女人的特点而已——不经意地靠近对方,然后故意让她看见他和马戏团时代的竞争者由子之间的亲密关系。这让叶子对他的反感愈加强烈,没理由对这个贫穷又丑陋的少年露出一丝笑容。

叶子根本不会理会这种伎俩。她太美了,太受人追捧了。

而且,她还要忙着接待有钱的高级职员和不知从哪里打听到这里来的富二代,与之相比,黑吉知道太多自己的过去,所以她嫌他碍事,倒也没给他什么好脸色。

叶子越是冷落黑吉,他的爱恋就越深。面对纠缠不休的黑吉,叶子故意坐在其他男人的膝上炫耀着。可黑吉只是沉默而孤独地、面容扭曲地笑着。

虽然心里抓心挠肝似的又痛又悲,但表面上黑吉只是一个微笑着的、不擅长恋爱的人。

面对毫无反应的黑吉,叶子反而跃跃欲试,不管不顾地冲到那群飘飘然的男人之中……只是这种任意妄为不可能持续太久,有种恐怖的气息。

× × × ×

可是,当他从飞机上纵身跃下的瞬间,便可以在幻象中尽情地爱抚叶子。

"阿叶,听说你去东京的时候,我好寂寞啊。"

"是吗,真抱歉啊。"

"没关系,现在能这样在一起,我很开心。"

"是啊,我也是……我就是因为想见小黑才来这里的呢。"

"嗯,那我太高兴了。"

"可是,可是对不起由子了。"

"说什么呢!那种人,什么都不是,真的只是玩玩而已。"

"哎呀,是吗,那就好。"

"真的。"

"啊,危险!"

正当黑吉把手伸向叶子的时候,突然一声巨响,降落伞打开了,那令人愉快的幻影消失无踪,黑吉像空中的树叶一样自由飘落……

这就是可悲的现实。

但黑吉相信那个梦还会再出现。

"不知何时能实现!"

晚上,他依然一个人孤零零地坐在千鸟的一角,舔舐般地扫视着叶子的全身,而在白天的天空之梦里,他曾紧紧地拥抱着她。

最近，黑吉每天都能主动要求进行两三次这种恐怖的空中冒险。没有飞行的日子里，他就泄气似的拄着拐杖，在研究所的角落里垂头丧气地沉思。那是一个寂寞男人的身影，他只能在飞下天空的妖艳幻影中感受到快乐。

然而，就连这片仅剩的"梦之绿洲"也最终迎来了可怕的结局。

就在黑吉还没解开和叶子之间的误会，还没能和她好好谈谈的时候，突然在幻影中看到一位离这个城镇有点远的从事化妆品生意的资本家的儿子要和叶子结婚了——这对他来说就像掉进万丈深渊一样，是令人厌恶的幻影。

黑吉自从做了这个诡异的梦，内心完全失衡了。

"我快乐的梦境，我美好的乐园，全都被击碎了。"

"过去，那个空中的白日梦从未落空，那么，这个可恶的预言也一定会实现的。"

这是多么可怕的事情啊。

自他懂事以来，就从内心深处把叶子当作偶像，任何事物都替代不了他对叶子的爱情、尊敬和仰慕，而她就要抛弃自己，和别人结婚了。

"从最近叶子冷酷无情的行为来看，不会变成那样吧！"

他担心的事情终于要发生了。这世上盛放的最美的花——叶子，他比生命还深爱的叶子——就要这样轻易地被陌生男人好色的手臂拥抱了。

"真是的，我是个残废，长得还丑……"

可是，丑是天生的。从前，叶子曾经和那个丑男黑吉有过坚定的约定，而且小小年纪就教给他什么是女人的不正是叶子吗？而残疾也是因为害怕和叶子分手，担心马戏团解散，想要窥视未来结果失败了所导致的。

是叶子让被称为胆小"虫子"的黑吉成为了马戏团的明星，也是叶子让没有母亲的黑吉第一次感受到女人的温柔。还有初恋、初吻……黑吉身边的一切都离不开叶子。

而且，现在他初次"失恋"的泪水也要为她而流……

光是想想，就吓得人浑身起鸡皮疙瘩。

为什么要想这些事情呢？太恐怖了。

"如果不是真的就好了。"

"保持现状就好。哪怕她一句温柔的话也不和我讲，哪怕她对我不屑一顾——即便如此，每天只要能在她身边就好。"黑吉再也坐不住了。

他穿过昏暗辽阔的机场，匆匆赶往千鸟食堂。

残阳如血。

令人毛骨悚然的寂静如同不祥之兆般覆盖着整个原野，暮霭沉沉地笼罩着四周，阴风飒飒地吹拂着杂草……

前方隐约看到了千鸟食堂的灯光，同时，一个年轻女人的背影也像剪影一样浮现在眼前。

"咦，是叶子吗？"

那标志性地扭动着诱人腰肢的女人，正是叶子。

"混蛋，是要去见那个化妆品批发商的情夫吧。"

黑吉头脑一热，接着，他以惊人的速度跑出了草地，让人无法想象他是个只有一条腿的男人。

"阿叶——"

好不容易追上去的黑吉用嘶哑的声音叫住了她。

"咦？"

叶子蓦地回过头来，脸上带着本能的恐惧，又瞬间消散了。

"阿叶——虽然每天都能见面，但已经有好几个月没像这样在只有我们两个人的时候叫你阿叶了吧。"

"……"

"你不用表现得这么讨厌我吧……你就这么讨厌我吗？"

"……"

"我，我是拼命为阿叶着想的……你啊，你稍微体谅我一点儿不行吗？"

"……"

"你回答我几句话不就行了吗？又要去见那个化妆品商的文弱儿子了吧！"

"嗯……你怎么知道？"

"呵呵，吓了一跳吧……我什么都知道。"

"不可能，肯定是有事才过来的。"

见到黑吉如此强烈的气势，叶子可能也觉得他有点可怜，于是平静地如此回答道。但当月光照在那张被诅咒般的、丑到惨无人道的脸上的时候，她还是不寒而栗地说：

"小黑，我们不要再见面了，这也是为了我们彼此好。呵呵，小黑啊，从前的事就别提了，就让我们随着远东的解散成为陌路人吧……哪怕只有一点点，请让我觉得那个被我疼爱过的你是幸福的……而我呢，就像你刚才所说的那样，要去见那个人……今晚会住在那里。别太羡慕……"

微弱的月光透过暮霭，她的表情让黑吉感到绝望和险恶。

"阿叶，哪怕一次也好，握住我的手，让我抱抱你丰满的胸部，就够了，我就满足了，好吗？就一次——"

"什，说什么呢？你这个跛脚的蠢货……你的脸和怪物一样，真是奇了怪了，腆着一张这样的脸还能说出这么厚脸皮的话……你只配抱抱由子那种女人罢了。"

秋日的机场笼罩在凄凉的黑暗中。周围一片昏暗，黑吉怒火中烧的眼中闪烁着杀意，丑陋的身体里散发出强烈的、阴森血腥的气息。

"唔，可恶……"

随着一声呻吟，他的左手已经扼住了叶子白嫩的咽喉。

"你，你要干什么——"

叶子推开他的手，没拿单腿的黑吉当回事，闪身就要逃跑。

火冒三丈的黑吉抡起拐杖，用出全身力气，把叶子狠狠揍了一顿。

脆弱的叶子只发出一声惨叫就倒了下去。黑吉已经是恶魔的俘虏了。

他把握着的拐杖扔了出去。

"可恶，可恶……"

他一边狂叫着，一边像野兽一样突然压在倒下的叶子身上，用尽全身力气，紧紧勒住她的喉咙。

之后在这片无人的草地上发生了怎样残忍的事呢……

她白皙的脚掌在融入暮霭的苍白月色中，就像海底的海星一样醒目。空气中弥漫着年轻女人的血腥味。

翌日。

仲秋天高云淡，阳光明媚。

飞机和往常一样被从飞机库拉到起飞场，载着黑吉，轻而易举地飞上了天。天空晴朗得仿佛不知道昨夜在这片原野上发生了残忍的谋杀。

黑吉忽然回过神来，发现座位脚下的空地上塞着一个大包袱似的东西。

没人注意到这东西是什么时候装上去的……

不过，这让人有种不祥的预感——那好像是叶子的尸体。

××××

那是他曾经那样爱过、那样眷恋过的叶子。可是他却被叶子狠狠地侮辱、嘲笑，出离愤怒的黑吉做出了自己都意想不到的行为——突然感到头晕目眩的同时，半失去理智地杀死了叶子，之后，他又热烈地吻了她渐渐冷却的美丽的尸体。之后，他才恢复了神智。

黑吉在那脱离常规的马戏团的后台，早早认识了美丽又变态的少女叶子，并且爱上了她。在那拼尽全力飞跃于虚无一线的杂技中，黑吉学会了不可思议的自我催眠。之后，变成了残疾人，变得更加偏执，执拗于和叶子的快乐梦境，连梦和现实的边界都已经模糊不清了。

对黑吉来说,他最终自然而然地走到了杀人这一步。

然而,杀害了叶子的黑吉却沉醉在无可比拟的幸福之中。

叶子、我曾经那样仰慕着的叶子,现在属于我了。"

叶子不会再露出厌恶的表情了。无论黑吉那张丑陋的脸离她有多近,她都不会再发出嗤笑。无论黑吉抱得有多紧……就算亲吻如雨点、如子弹般激烈,就算那张芬芳如花朵的脸颊被沾湿……

"这是何等的幸福啊。"

可是,黑吉已经不能再陶醉于这种幸福了。或许是种错觉,他蓦地抬头一看,漫长的秋夜已经过去,天空已经开始泛白了。

"要是被人看到……"

他完全明白,如果被人看到就糟了。离开叶子以后,他将被宣告死刑,然后被投进不知何处的墓穴中。

死刑没什么可怕的,但他无法忍受和好不容易得到的叶子分开。

思来想去,黑吉决定带着叶子去空中。

决定以后,他用了很长时间把叶子的尸体拖到飞机库里,从自己熟悉的出入口偷偷潜入,然后把尸体硬塞进了仅有的那台老式训练机座位脚边横开的一处特别宽敞的空腔里面,之后装作什么都不知道的样子,等待飞行……

××××

飞机起飞了，幸好没人注意到。黑吉和叶子的空中新婚旅行开始了。

旁边的高度计刻度飞快地旋转着，遥远的地球趔趔趄趄地在脚下翻滚着……

黑吉像刚想起来一样，开始解开脚边的包袱。像翻书一样掀开包袱皮以后，那位年轻、美丽的叶子一下子露了出来。

虽然她的灵魂已经离去，但她那苍白、匀称又美丽的肢体在飞机的震颤下，就像活物一样，浑身颤抖着，顺从地跪在黑吉的膝下。

"阿叶……我的，只属于我的阿叶。"

他大声咆哮，声音却在空中消散了。

然而，黑吉是幸福的。他在飞行帽里不停地舔着厚厚的嘴唇，丑陋的脸开心地笑着，目不转睛地看着叶子的样子。

在无限澄澈、仿佛能让人的眼珠融化般的蓝天中，黑吉紧紧地抱着叶子飞行着。

"喂，准备……"

突然，从通讯器里传来了飞行员浑厚的声音。黑吉吓了一跳，从座位上踮起脚俯视着遥远的地面，盆景一样的风景，就像在等待叶子的尸体一般，张开手悠闲地舞蹈着。

黑吉莫非是发疯了吗？他突然松开降落伞，扔掉飞行帽，连飞行服也脱掉了，冷漠地抱起了叶子的尸体。瞬间，从银色的飞机上，一对紧紧抱在一起的男女以炸弹般的恐怖速度向遥远的地面一路坠落……

××××

黑吉心满意足了。

迄今为止每天看惯了的山川、森林和田野，仿佛都在温柔地拥抱着他们两个人。这是何等·的神之祝福啊！冲破空气的断层不断跌落的他用双臂紧紧拥抱着叶子，哪怕到地狱也不愿松开。

黑吉在空中飞翔时所做的奇异的白日梦，现在不是比现实更清晰地呈现出来了吗？

"小黑，原谅我吧。我果然还是……完全属于你呢。"

"阿叶，你明白了，你终于理解我的心情了。"

"明白了，明白了，我再也不会离开你了。"

"谢谢你，阿叶，谢谢。我也是，我也绝不会再离开你了。"

啊，叶子黝黑的眸子里浮现出一丝谄媚，凝视着黑吉。她那如血般红艳的嘴唇，颤抖着接近了……

"啊，我太幸福了。"

作者简介

兰郁二郎（1913—1944），出生于东京，原名远藤敏夫，在学时期已发表侦探小说，1931年以《没呼吸的男人》入选杂志"探侦趣味"的佳作赏，1934年参加由鲛岛龙介主持的侦探作家新人俱乐部，1935年更与人合办同人志"探侦文学"并立志成为作家，1938年因同人志结束而放弃了创作侦探小说，转而撰写通俗少年科学小说，成为与海野十三齐名的战前科幻小说先驱作家。战时也创作不少国情小说，后因飞机意外逝世。

浮生之梦

　　我老早就觉得自己是会跟妖魔打上照面的,作为懦怯者的一份特权。我的血液里,至今仍流淌着许多来自先祖的迷信。当文明的肉体在社会的锐利鞭笞下日渐萎缩之时,我对幽灵却常常深信不疑。

——夏目漱石

梦十夜

夏目漱石

第一夜

我做了一个梦。

我交叉双手坐在她的床边。仰卧病床的她平静地跟我说:"我很快就要死去。"

她的长发散铺在枕上,轮廓柔和的瓜子脸枕在头发中央,脸颊白里透红,嘴唇一片嫣红,如何看都不像快要死去。然而,她却用平静的语气清楚地说快要死去。事实上,我也相信她真的就要死去。

我低头望她:"是吗?要死了吗?"

她睁大双眼说:"是的,很快就要死去。"

在她润湿的大眼睛里,长长的睫毛包裹着一片漆黑。在漆黑的眼眸深处鲜明地浮现出我的倒影。

我凝视那深不见底、几近透明的眼珠,心想她真的就要死去吗?我亲昵地把嘴唇靠近她的枕边再次问她:"不会死吧？没事的吧？"

她那双黑眼睛仍旧露出疲倦的眼神，依然平静地说："生死可不是我们可以决定的。"

我认真地问她："你看见我的脸了吗？"

她轻轻一笑："你说什么？那倒影不就是你的脸吗？"

我沉默不语，把脸从她枕边移开，交叉着双手想："看来她真的很快就要死去。"

过了一会儿，她再次说："我死去以后，请你把我埋在泥土之中，用巨大的珍珠贝壳为我挖掘坟墓，然后把天上丢下来的流星碎片放在我的墓碑之上。请你一直守候在我的墓旁，我会再次回来找你。"

我问她是什么时候。

"太阳升起，然后落下，太阳再次升起，再次落下。红日不断东升西落，每天如是，你会一直等候我吗？"

我没说什么，只是点头。

本来语气平静的她扯起了嗓门，毫不含糊地说："请你等我一百年。"

"请你坐在我墓旁一百年，我必定再次回来找你。"

我答应她一直等候。这时我在她漆黑眼眸里的倒影开始变得模糊散乱。她那原先静止的泪水开始动起来，从眼眶流出打乱了我的倒影。这时她两眼一合，泪水流了下来。她就这样死去了。

我走出庭园，拿起珍珠贝壳挖掘坟墓。巨大而平滑的珍珠贝壳有着锋利的边缘。我每次挖起泥土，月光都在贝壳的内侧反射出光芒。泥土散发出湿润的气味，坟墓没多久就挖好了。我把她放进坟墓，然后轻轻地在她身上盖上柔软的泥土。每次把泥土盖到她身上时，月光都照射在贝壳上。

我拾起流星的碎片，轻轻放在泥土上。流星的碎片很光滑，或许是因为流星长时间从天空堕下，棱角才打磨得如此光滑。我抱起它放在泥土上，胸口和双手都暖和起来。

我准备坐在青苔之上等待一百年，交叉双手凝视着那块光滑的墓碑。如她所说，这时太阳从东方升起，它是一颗巨大的红太阳。又如她所说，太阳再次从西方落下，落下时依然是一片火红。

我心中默数第一次。

没多久，火红色的太阳又再缓缓升起，然后再次静静落下。

我再次默数第二次。

我一直在数，渐渐搞不清见过了多少遍红日。我一直默数，尽管红日越过头上无数遍，但一百年却是仍然未到。最后，我凝望着那块长了青苔的光滑石头，心想或许她是在欺骗我吧。

这时候，一枝青绿的花茎从石头下方斜斜向着我方生长，一直生长到我胸腔处才停下。花茎顶端垂下的修长花蕾正在微微晃动。一朵雪白的百合花正在绽放,在我鼻子的前方散发出叫人难忘的香气。这时候遥远的天空突然掉下一滴露水抖动了花朵。我俯身吻过那被露水打过的花瓣。在我把脸移离百合花时,望向远方天空,一颗破晓晨星微微闪动了一下。

我这才发现已经一百年了!

第二夜

我做了一个梦。

离开和尚的房间,我沿着走廊回到自己房间,看见地灯有点昏暗,于是单膝跪在坐垫上挑了挑灯芯。如花一样的灰烬掉到朱漆台上,房间顿时光亮起来。

门上的画是芜村的手笔。画中黑色的垂柳远近分明、浓淡有致。画中的渔夫看来很是寒冷,稍稍拉低草笠沿着土堤前行。凹间挂着"文殊菩萨渡海图"的卷轴,还没烧完的线香虽已熄灭,但气味却仍然弥漫在房间之内。这座寺院占地广阔,人迹杳然,非常宁静。我仰望天花板,忽然发觉天花板上地灯的圆形投影好像有生命一样。

我依然单膝跪地,左手掀起坐垫,伸手进下面探向右方。那东西还是好好放着,于是我也安下心来,重新把坐垫整理得跟刚才一样,"扑通"一声坐在垫上。

和尚刚才跟我说:"既然是武士,就没有不能开悟的道理。到现在还不能开悟,我看你不是武士,只是垃圾。"

和尚继续笑着说:"哈哈!你发怒吗?如果不甘心,就拿出开悟的证据来。"

和尚旋身就走,太无礼了吧!

旁边小厅的地板上放着一台座钟。我决定在座钟再响以前,必须开悟给和尚看。待今晚开悟以后,我会再走进和尚的房间,以我的开悟来交换他的人头。要是不开悟就不能取和尚性命。我无论如何也得开悟,我可是一名武士。

要是不能开悟,我会切腹自尽。武士绝不忍辱偷生,死也要漂漂亮亮。

我这样想着,不禁再次伸手往坐垫之下,拿出插在红色刀鞘内的短刀。我握住刀柄,猛然把短刀从红色的刀鞘里拔出来,冷峻的刀锋霎时照亮了昏暗的房间。我感到一股厉害的气流从刀柄逃窜,然后凝聚在刀尖上形成一股杀气。锐利的短刀缩小得犹如尖锐的针头。当我不忿地看着刀锋变得锋利时,禁不住从心底涌出一股冲动,想把短刀往前一送。这时,我体内的血液都流到右手手腕,汗水把刀柄弄得湿黏黏的,嘴巴也在不停抖动。

我把短刀收回刀鞘,放在自己右边,然后结跏趺坐。我咬牙切齿地说:"赵州说'无',那个'无'字到底是啥意思?

可恶的臭和尚！"

我紧咬牙关，鼻腔冒出灼热的气息，两侧太阳穴痛得厉害，一双眼睁得要比往常大上一倍。

我看到挂画，看到地灯，看到地席，也清清楚楚地看到和尚的秃头，听到和尚咧嘴大笑的嘲笑声。"臭和尚太无礼！我无论如何也得砍下那个秃头。必定要开悟给他看。"

我的舌根不停念着"无呀，无呀"！但口中虽然说"无"，鼻子却还是嗅到线香的味道。怎么搞的！明明只是一根香而已。

我握紧拳头，心有不甘地挥拳打自己的头。我咬紧牙关，两腋冒汗，腰板硬如棒子。膝盖的关节突然疼痛起来，我心想，就是膝盖骨碎了也不打紧，但偏偏却疼痛得厉害，"无"始终没有浮现在眼前。每当以为"无"快要出现时，身体立刻感到疼痛。真的让人气结，好不甘心，我的泪水不住涌出。我把心一横，想把身体撞向巨石，让自己粉身碎骨算了。

尽管如此，我还是坐着一动没动。尽力强忍着盛在胸口的那份难受。那份难受从全身的肌肉往上冒，焦急地想从毛孔往外逃逸，但偏偏各处都堵得死死的，完全是穷途末路，残酷至极。

这时候，我感觉脑袋有些异样。地灯、芜村的画、地席和壁架全都突然看来似有还无，又或是似无还有。尽管如此，

"无"还是没有出现，这样的禅坐也只算可以而已。突然间，身旁小厅的时钟响起了一声铃声。

我吃了一惊，立即把右手搁在短刀上。这时候，时钟响起第二声铃声。

第三夜

我做了一个梦。

我背着六岁的儿子。他确实是我的儿子。但奇怪的是，他的眼睛却不知在何时瞎了，变得犹如"独眼青坊主"一样。

我问儿子："眼睛是什么时候瞎的？"

儿子回答："你在说什么？老早就瞎了啊！"

声音确实是我的儿子，但措辞却像个大人，而且说话态度也跟我平等。

我们走在狭窄的小径上，两旁都是绿油油的田地。在黑暗中，偶尔闪现鹭鸟的身影。

儿子在我背后说："已经来到水田了吗？"

我把头往后转，问他："你怎么知道？"

他回答："刚才不是鹭鸟在叫吗？"这时鹭鸟果然又叫了两声。

虽然他是我的儿子，却还是令我有点心寒。一直背着这家伙，真不知会变成怎样。我望向远方想找个地方弃掉他，在黑暗中看见一个偌大的森林，心想，倒不如就丢到那里。刚好这时候，儿子在我身后"呵呵"笑了两声。

"你笑什么？"

儿子没有回答，只是问道："爸爸，我重吗？"

我回答："不重呀。"

他说："很快就会变重。"

我没说什么，默默走向森林那边。田野间的路一直没完没了地左转右拐。过了不久，小径一分为二。我停下来站在路口稍作休息。

小鬼说："那里应该放着一块石头吧。"

那里果然放着一块高度及腰的八角形大石，上面写着"左边日之洼，右边堀田原"。虽然天色昏暗，但红色的字却依然清晰可见，字的颜色就如娃娃鱼的肚皮。

"走左边吧！"小鬼向我发号施令。当我望向左时，发现森林的黑影已经从上空压到我们头上。

我有点犹豫，但小鬼却说："不用担心。"

我无可奈何，只好走向森林的方向。心想他只是个瞎子，怎么却是什么都知得一清二楚。我一个劲地走近森林。这时候，他在我背后说："瞎了眼真不方便，很不好。"

"我背着你，不就可以吗？"

"真对不起，要你背着我。瞎了眼总是被人瞧不起，就算是父母也会瞧不起自己,所以很不好。"

我感到有些不高兴,想快点走到森林弃掉他。

他在我背后自言自语地说:"再走一会就要明白了。今晚跟那晚很像。"

"什么?"我疑惑地问他。

"你问我吗?你是知道的吧?"孩子语带讥讽。这时候,我感觉自己好像记起了什么似的,但却不太确切。只是记得那晚好像跟今晚很相像,感觉只要多走一会就会记起来。不过要是记起来就糟糕了,心想还是趁没记起以前赶快弃掉儿子。我感到非常不安,步伐也愈走愈快。

雨水从刚才开始一直下着,路也逐渐昏暗起来。简直就像梦境一样,他不过是黏在我背后的小鬼,怎么却犹如一面镜子般,毫无保留地反映出我所有的过去、现在和未来。而且不仅是我的儿子,还是一个瞎子。这令我感到非常难受。

"是这里了!是这里了!就是那棵杉树下。"

雨中清晰听见小鬼的声音,我没多思索就停下来,这时才发现已经身处森林之中。就如小鬼所讲,在我们前方约两米那件黑色的物体确实是一棵杉树。

"爸爸,是在那棵杉树的下面,对吧?"

"嗯,没错。"我不由自主地回答。

"那年是文化五年的龙年,对吧?"

"对，确实是文化五年的龙年。"

"从你杀掉我的那天开始算起，今天刚好一百年。"

听到这句话，我突然意识到自己在一百年前的文化五年的龙年，在跟今晚一样的昏暗晚上，在这棵杉树下杀了一个盲人。

当我意识到自己曾经杀人时，背上的儿子突然变得沉重起来，沉重得犹如一尊地藏菩萨的石像。

第四夜

泥地的大房间中央，摆放了一座近似纳凉台的台子，四周并排放着几张小凳。台子反射出黑色光芒，台上一角放了一个盛菜的盘，盘后坐着一个老爷子在自斟自饮，下酒菜看来是一道小炒。

因为喝了酒，老爷子的脸都泛红了。他的脸皮很滑溜，就连一条看似皱纹的痕子也找不到。只因他满脸都是白色的胡子，所以才让人觉得他的年纪应该不小。还是小孩的我，心中暗忖老爷子到底有多大。

这时候，用水桶到里边取水的老板娘抓起围裙拭干双手，问老爷子："老爷子今年有多大？"

老爷子"咕噜"一声吞下塞在嘴里的小菜，淡淡然地回答："都已经忘记了。"

老板娘把拭干的双手插进腰带之间,站在一旁望着老爷子的侧脸。

老爷子举起茶碗大小的碗大口地饮酒,然后从白胡子间深深吐出一口气。

老板娘问老爷子:"老爷子,你的家在哪里?"

老爷子还没有吐尽那口长长的气,就停下来说:"在肚脐的里边。"

老板娘双手依然插在腰间,再问:"那么,你现在要到哪里去?"

老爷子再次拿起茶碗大小的碗大口饮下热酒,然后跟刚才一样长长吐出一口气,说道:"要到那边去。"

老板娘问:"是一直向前走吗?"

这时候,老爷子吐出的气息已经越过大门,穿过柳树之下,一直向着河堤的方向吹送。

老爷子走出大门,我也跟在他身后。老爷子腰间吊着一个小葫芦,肩膀挂着一个垂到腋下的四方箱子。他身穿浅黄色的紧身裤和浅黄色的背心,足袋也是黄色的,看来像是用皮制成的。

老爷子一直走到柳树之下,那里有三四个小孩站着。老爷子边笑边从腰间掏出一条浅黄色手帕,搓成长长幼绳的模样放在地上。他在手帕周围画了个大大的圆圈,再从挂在肩膀上的箱子中拿出一支叫卖糖果时用的黄铜笛子。

"我现在就要把这条手帕变成一条蛇。快过来看,快过来看!"他重复说。

小孩都聚精会神盯着手帕,我也一同盯着。

"快过来看,快过来看!大家准备好了吗?"

老爷子吹起笛子绕着地上的圆圈走。我一直盯着手帕,却看不见任何动静。

老爷子吹着笛子,绕着圆圈走了好几遍。他踏着草鞋,踮起脚尖,蹑足绕着圆圈走,像怕惊动到那条手帕一样。这看起来有些吓人,却又蛮有趣。

过了一会儿,老爷子突然把笛声停下,打开挂在肩上的箱子,轻轻捏住手帕一端,快速地把它丢进箱子里。

"这样一来,手帕就要在箱中变成一条蛇了。现在就让你们看清楚吧!"

老爷子一边说一边笔直往前走。他走过柳树之下,沿着小径往下方走。我很想看看那条蛇,于是也沿着小径一直跟在他后面。老爷子走着走着,不时重复说:"何时来?何时来?""长蛇这就悄然来。"

何时来?何时来?
长蛇这就悄然来。

为何在？为何在？

　　耳闻笛声自然在。

他唱着唱着，终于走到河边来。

河边没有木桥也没有小舟，原以为老爷子就要停在这里，让我们看看箱中那条蛇，怎料他却"哇啦哇啦"地走进河中。水深最初只及膝，但渐渐地，河水已经从腰间一直淹到胸口的地方。

尽管这样，老爷子还是没有停下，一边唱一边笔直向前走。

　　水也深，夜也深，

　　直走依然不回身。

最后，他的胡子、脸、头和头巾全部都隐没在河水中。

我独自一人站在沙沙作响的芦苇旁一直等待，心想老爷子或许要走到对岸才会展示他那条蛇。

然而，最终他都没有走上岸来。

第五夜

我做了这样一个梦。

大概是远古时候，神话时代吧。那时候，我在战场上打仗，不幸战败成了战俘，被押到敌方将军面前按坐在地上。

那时的人全都身材高大，长着长长的胡子，腰缠皮带，皮带上系着棒子一样的长剑。身上的长弓看起只是根粗藤，既没涂漆，也没打磨，外表极为朴素。

敌方的将军右手握在长弓中央，用力把它插在地上。他坐着的看起来是反转的酒埕。我打量了一下他的脸庞，看见他的粗眉左右相连。那个时代，当然没有剃刀之类的东西。

我是个战俘，当然没能坐在凳上。我盘腿坐在草地上，脚上穿一双大草鞋。那个时代的草鞋鞋筒很高，站起来要到膝盖上下。鞋筒一端挂有少量稻草编成的装饰，走起路来摇摇晃晃，犹如串串垂下的穗头。

将军借助篝火的光望向我，问我要生还是要死。那个时候，抓获俘虏惯常都问这问题。要是说要生，就是投降的意思；要是说要死，就是不愿归降。我二话不说，只说一声"要死"。将军于是把插在草地上的长弓掷向远方，从腰间稍出那把犹如棒子的长剑。随风舞动的篝火从一旁袭来，我把右掌展开成枫叶的模样，举高向着将军，示意他等一等。于是将军把粗大的长剑收回剑鞘。

虽说是远古时代，但情爱之事还是有的。我说很想在死前见一眼想念的女人。将军说他可以等至破晓鸡啼。我必须在鸡啼以前把她唤来,要是到了鸡啼还没有来,我就要立即被处死,无法在死前见她一面。

将军一直坐在那里凝望篝火,我也盘起大草鞋坐在地上等她。夜愈来愈深。

柴火烧尽的声音不时响起。每当柴火快要烧尽,火舌都受惊般地扑向将军。将军浓黑眉毛下的眼睛闪现出光芒。每当这时,都会有人拿来大量新的柴火丢进火中。转眼间,柴火又"噼啪"作响,声音骁勇得可以驱散黑暗。

这时候,女人把绑在屋后橡树的白马牵出来,抚摸了三遍马的鬃毛,一跃跳上那高高的马背。马匹没有配上马鞍,也没有挂上马镫。女人用她白皙的长腿踢在马腹上,马一溜烟地奔跑起来。篝火已经补足柴薪,即使在遥远的上空也可以看见一抹微弱的光芒。马匹在黑暗中朝着这片光芒不断驰骋,鼻孔喷出的气息犹如两道火柱。尽管这样,女人仍然不停用纤弱的腿踢在马腹上。马匹飞快驰骋,蹄声响彻天际。女人的头发也像旗幡般在黑暗中拖起长长的尾巴。尽管这样,她仍然还未来到篝火所在的地方。

就在这时,漆黑的路旁突然响起"喔喔"的鸡啼声。女人身子往后一仰,勒紧双手握住的缰绳,马的前蹄"当啷"一声撞在坚实的岩石上,留下一个深深的蹄印。

这时又再"喔喔"的响起另一次鸡啼声。

女人"呀"的叫了一声,放松勒紧的缰绳,马跪了下来,连同背上的人一同堕进岩石下的深渊。

马蹄印直到现在还残留在岩石上,假装鸡啼的其实是"天探女"。只要马蹄印仍然刻在岩石上,"天探女"就仍然是我的敌人。

第六夜

因为听说运庆正在护国寺的山门雕刻仁王像,于是我漫步前往一看。当我到达时,早已聚集了一大批人,七嘴八舌地议论不休。

山门前方大约十米的地方有一棵大赤松,它的树干向着遥远青空斜斜生长,山门的门檐隐没在它的树荫之下。赤松的绿叶与山门上的朱漆相映成趣,美不胜收。赤松也生长得恰到好处,在山门的左方斜斜生长,没有遮掩山门,直接延伸至宽阔门檐的檐上,散发出某种镰仓时代的古典气息。

然而,观看的人跟我一样都是明治时代的人。人群当中,最多的是车夫,看来必定是因为等待客人太无聊,于是驻足观看。

"哇!好大的雕像啊!"有人这样说。

"雕刻这雕像要比雕刻人像困难得多啊!"也有人这样说。

"啊!是仁王像。想不到在时还有人雕刻仁王像!我还以为仁王像都是古时的雕刻。"一个男人这样说。

"无论怎么说,仁王就是强焊。从古以来,要说谁人最强,可没有人能与仁王相比,就是日本武尊也不能。"一个男人这样说。这男人束起衣衫后幅,没戴帽子,看起来没有受过多少教育。

运庆完全没有因为围观者的评论而稍稍停下。他头也没回,只是不停地拿着凿子凿。他身在高处,在仁王像的脸旁不停敲凿。

运庆头上戴着一顶类似乌帽的小帽,身穿朴素的外袍,外袍宽阔的衣袖绑在身后。他的外表很有古风情怀,跟身边喋喋不休的围观者全不搭配。我暗忖为何运庆到了今天仍然活在世上,不解地站在一旁观看。

然而,运庆看起来却不觉有任何异样,只是不停地努力敲凿。这时,一名仰首上望的青年男子把头一转,向我夸赞运庆说道:"真不愧是运庆!眼中完全没有我们这群围观者的存在,他的态度犹如在说天下英雄就唯有仁王跟他二人。这份气度确实叫人折服。"

我觉得这话蛮有意思,于是望了青年一眼,他又立刻向我补上一句:"看他运用凿子的手法,真是灵巧得如入化境。"

运庆刚好把凿子向横雕凿了仁王像那双一寸宽的粗眉,又再把凿子打竖敲凿起来,没一会儿又斜斜地由上而下敲,在坚实的木头上削出一道木痕，厚厚的木屑随着敲打声飞落，木头上赫然浮现出困愤怒而鼓起的鼻翼。他的刀法利落，没有半丝拖泥带水。

"看起来漫不经心的刀法，却能随心所欲地雕凿出想要的眉毛和鼻翼，真厉害！"我感到非常佩服，自言自语地说起来。听我一说，刚才那个青年男子立即说："老兄此言差矣，那眉毛和鼻翼可不是雕凿出来的，它们其实早已埋在木块之中，师傅只是用凿子和锤子把它们挖掘出来而已。就像我们从泥土中把石头挖掘出来一样，当然是丝毫不差了。"

那时我想，雕刻难道就是这么回事？如果是真的，那么任谁都能够雕刻了。于是我突然也想试试雕刻一个仁王像，所以就不再凑热闹，赶紧回家去了。

我从工具箱中拿出凿子和铁锤走到后园，看见地上堆放着一大堆大小刚好的木块，这些木块是先前一场暴风吹倒了橡树，伐木工人把它砍成这样来做薪柴的。

我选了最大的一块木块试着敲凿起来，但不幸的是找不到仁王的踪影。我再挖掘第二块，还是运气不好，仍然没能挖掘出来。挖掘到第三块时仍然看不见仁王。我试着把堆起的木块一块接一块地敲凿，但始终没有仁王的身影。

最后我终于明白，明治时代的树木根本没藏着仁王，这也解释了为何运庆活到今天。

第七夜

我在一艘很巨大的轮船上。

这艘轮船每天不分昼夜、不间断地冒出黑烟，破浪前行。它发出巨大的声响，但却不知要开往何方。太阳每天都像一把烧红的火筷从浪底升起，爬到高耸的桅杆正上方。满以为它要高挂一会儿时，它已经在不知不觉间越过巨大的船体，来到轮船前方，最终，像把烧红的火筷掉入浪涛下，发出"哧哧"的声响。每当此时，远方碧绿的浪涛都会沸腾起来，映出一片苏方的深红色。然后，轮船会发出巨大的声响，追赶在太阳的后方，但却总是追赶不上它。

有一回，我抓住船上某个男人问他："这轮船是否正在开往西方？"

男人露出诧异的表情，盯了我好一会儿，最终反问我："为什么这样说？"

"因为轮船好像正在追赶落日。"

那个船上的男人哈哈大笑起来，然后走了。

"西行之日，尽头在东，这话是真的吗？东升之日，故乡在西，这话也是真的吗？身在浪涛上，栖息船中，随浪漂啊漂。"船上响起这样的歌声。我走近船头，发现那里聚集了大群水手，正在拉扯粗大的帆绳。

我感到很不安，不知何时才能走在岸上，也不知轮船要开往何方，只知它正在冒出黑烟，破浪而行。四周波涛异常汹涌，只能看见一片无尽的碧绿。波涛时而变成紫色，却只有轮船四周才总是冒出纯白的气泡。我感到很不安，心想与其留在船上，不如干脆投海自尽。

同船还有很多乘客，看起来大部分是外国人，容貌各不相同。某天，天色阴暗，船身摇晃不定，一个女人倚靠在栏边不停哭泣。她用来拭干眼泪的手帕是白色的，身上穿的却是花布一样的洋装。当我看见这女人时，意识到悲伤的人并非只有我一个。

某天晚上，我走出甲板，独自一人眺望星空。这时，一个外国人走近我身旁，问我懂不懂天文学。此时的我，看不见生存的意义，甚至已经想到寻死，实在没必要知道什么天文学，于是我并没有理睬他。于是外国人跟我说起有关金牛座上方北斗七星的事情，然后跟我说星星和海洋其实都是上帝创造的。最后，他问我是否相信上帝。我只是望着天空，沉默不语。

有一次，我走进船上的交谊厅，看见一名穿着华丽、背向着我的少女正在弹钢琴，一名身材高大、气度不凡的男士站在她身旁放声高歌。看来他们都已经不在乎二人以外的事情了，甚至连身处船上这回事也早已忘记了。

我愈来愈看不见生存的意义，最终下定决心寻死，于是在某个四下无人的夜深时分，我把心一横纵身跃进海里。然而，就在我双脚离开甲板，跟轮船再没有任何关联的瞬间，我忽然珍惜起生命来。我打从心底感到后悔，但已经追悔莫及。无论怎样，我都不能改变掉入海中的命运。因为船体很高，所以即使身体离开了轮船，双脚也不是立即就碰到水面。然而，因为没有可以抓紧的东西，我的身体愈来愈接近水面，即使我拼命把腿往后缩，但水面还是愈来愈近。水的颜色是一片漆黑。

这时，轮船跟往常一样冒出黑烟，在我身旁越过。我开始觉悟：尽管不知轮船开往何方，还是坐在上面比较好。虽然我开始觉悟，却没有利用好这份觉悟，就这样抱着无尽的后悔和恐惧，静静堕入漆黑的浪涛中。

第八夜

当我跨过理发店的门槛时，三四个聚在一起、身穿白衣的人一同跟我说"欢迎"。

我站在理发店的大厅中央环视，发现这里是一个四方形的大厅。其中两边开了几扇窗，剩下两边挂着一排镜，数一数，镜的总数共有六面。

我在其中一面镜前坐下。这是一张弄得相当舒适的椅子，坐下时臀部附近响起弹簧反弹的声音。镜里清晰反照出我的脸，脸后可以看见一扇窗，也可以斜斜地看到大厅内用作收银的柜台。柜台后面并没有坐着任何人。窗外路人的上半身也可以清楚看见。

这时候，我看见庄太郎偕女伴走过。不知是在什么时候，庄太郎买了一顶巴拿马草帽，也不知是在什么时候，他交上了这个女朋友。二人看起来同样春风得意。当我想要仔细看清女人的面容时，二人已经从窗外掠过。

豆腐贩子吹着小喇叭从窗外经过。他用嘴紧紧叼着小喇叭，两颊涨得犹如被蜜蜂刺过一样。他就是这样涨着两颊走过的，我禁不住对他有些在意，想象他的两颊一辈子都会像被蜜蜂刺过一样。

这时候，镜中出现了一名艺伎。她没有化妆，发髻蓬蓬松松的，还没有结好，一副睡眼惺忪的模样，脸色也是苍白得可怜。我看见她向某人行礼问好，但对方的容貌却始终没有映入镜中。

这时候，一位身穿白衣、体型高大的男人走到我身后，拿起剪刀和梳子打量我的头。我捏着薄薄的胡子问他："怎么样？可以修剪得好看些吗？"白衣男没说什么，只是用手里的琥珀色梳子轻敲我的头。

"对了，还有我的头。怎么样？可以剪得好看些吗？"

我向白衣男问道。白衣男依然没有回答我，剪刀也开始响起"喀咔喀咔"的声音。

我本想睁大双眼，全无遗漏地看清镜中映像。但每当剪刀声响起时，黑发都会飞向我的眼前，我感到有些吓人，于是只好合上双眼。这时候，白衣男跟我说："先生，有没有看见门外的金鱼贩子？"

我说没有看到。白衣男静了下来，剪刀声音再次不停地响起。突然间，我听到有人大叫"危险"！我吓了一跳，睁开眼睛，从白衣男的衣袖下方看见自行车的车轮，也看见人力车的车把。这时候，白衣男按着我的头，用力把我的头转往一旁。我再也看不见自行车和人力车的踪影，只能听到剪刀响起的声音。

过了一会儿，白衣男走到我身旁，开始修剪我耳边的头发。头发已经没再飞往我的眼前，于是我也安心地张开了眼睛。我听到"黄米糕呀，年糕呀，年糕呀"的叫卖声。年糕贩子正依着拍子，用小木杵向石臼舂打年糕。我只在孩提时期见过年糕贩子，于是也想看一看。然而年糕贩子却没有出现在镜中，我也只能听到舂打年糕的声音。

我努力探视镜子一角，发现收银柜台后不知何时坐着一个女人，她是个大块头，眉毛浅黑而浓密。她结起一个银杏髻，身穿一件配有黑缎子衣领的和服，支起一条腿坐着数钞票，钞票看起来是十元的。女人垂下长长的睫毛，合起薄薄的双唇拼命数。虽然她数钞票的速度确实很快，但却迟迟没有把全数钞票数完。放在她膝上的钞票看起来最多不过一百张，无论怎样数，一百张始终就是一百张。

我呆呆地凝望女人的脸和那些十元钞票。这时候，耳边的白衣男大声说："来洗头吧"！我从椅子上站起来，借此良机，立即回头望向收银柜台。然而，柜台后却已经看不见女人和那些钞票。

我付费后走出理发店，看见店门左侧摆放了五个椭圆形水桶，桶内放了很多金鱼，有的是红色、有的是身上长有斑纹，肥瘦不一。金鱼贩子坐在水桶后方，手撑面颊，凝望放在眼前的金鱼，完全没有在意熙来攘往的路人。我站在一旁，凝望着了一会儿金鱼贩子。在我凝望他的这段时间内，他始终静止，没有丝毫动静。

第九夜

社会渐渐变得动荡不安，看起来战争很快就要发生。情境就如家园被火烧毁，马匹身上没有装上马具，不分昼夜地绕着屋子狂奔，然后一群步兵也是不分昼夜，喧哗着追赶马匹。尽管如此，屋里却还是静悄悄的。

屋里住了年轻母亲和她三岁的孩子，孩子的父亲离家去了别的地方。孩子的父亲是在某个没有月色的晚上离开的。那晚，他在草垫上穿上草鞋，缠上黑头巾，从厨房的后门离开。那时候，孩子的母亲提着一个纸罩蜡灯，细长的灯光照射在黑暗当中，照亮了矮树篱笆前的老柏树。

父亲从此再也没有回家。母亲每天都问三岁的孩子："爸爸在哪里？"孩子起初没有回答，但过了不久，孩子学会了回答："在那里。"然而，当母亲问他："爸爸什么时候回来？"孩子却依然只是回答："在那里。"然后孩子就笑起来。这时候，母亲也会笑起来。在这以后，母亲重复教了孩子很多遍"很快就回来"这句话。然而，孩子却只记下了"很快"这两个字。当被母亲问"爸爸在哪里"时，有时候孩子也只是回答"很快"。

每当夜幕低垂，四野变得静悄悄时，母亲都会整理好行装，把配上鲨鱼皮刀鞘的短刀插在腰间，用布带把孩子背到背上，静悄悄地离开家门。母亲总是穿着草鞋，孩子有时会一边听着草鞋发出的声音，一边在母亲的背上入睡。

从建有一列列土墙的武士府邸城区往西走，缓缓的下坡路尽头是一株高耸的银杏树。在银杏树旁往右拐，约一百米处建有一座石鸟居。小径两旁分别是田地和竹林，沿着小径一直走到鸟居，再穿过鸟居以后是一片阴深的杉树林。从那里沿着碎石路走到三十多米外的尽头有一道阶梯，阶梯向上通往一座古老神社的前殿。被水洗刷成灰色的功德箱上方，垂下一条用来摇响大铃铛的绳索。日间来这里的话，可以看见铃铛旁边挂着一个写着"八幡宫"的匾额。那个"八"字的形状犹如两只白鸽对望，相当有趣。除此以外，那里还挂有各式各样的匾额，那些匾额大都是被诸侯臣下射穿的箭靶，很多箭靶的旁边还写上射穿箭靶的臣下的名字。那里偶尔还放有一些用作奉献神明的大刀。

穿过鸟居时，猫头鹰总会站在杉树的树梢上鸣叫，然后粗糙的草鞋会响起"啪咔啪咔"的声响。当声响在前殿的前方停下以后，母亲首先会摇响铃铛，再蹲下来拍一下手。猫头鹰经常会在这时突然叫起来。然后，母亲会心无旁骛地为丈夫祈求平安。母亲深信，丈夫既然是武士，只要她向弓箭之神"八幡"许愿，神明是没有理由不听的。

孩子经常被铃声弄醒。由于四周都是漆黑一片，所以有时他会"哇"一声在母亲背上号啕大哭。这时候，母亲总是一边念着祷文，一边摇着背来哄他。有时候，孩子会停下来不哭，有时候，孩子会哭得更厉害。但无论如何，母亲都绝不会轻易站起来。

母亲为她的丈夫从头到尾祷告一遍以后就把布带解开，让孩子从背上下来转到她的身前。她双手抱着孩子走入大殿，然后把自己的脸颊在孩子的脸颊上摩擦说："孩子乖呀，在这里等妈妈喔！"于是母亲放长布带，把绑着孩子的布带另一端捆绑在前殿的栏杆上。然后，她便会走下阶梯，在三十多米长的碎石路上来来回回参拜一百遍。

在黑暗中，被绑在前殿的孩子在布带容许的范围内到处爬行。对母亲而言，这样的晚上算是最叫她轻松的。但是假若孩子净是哭哭啼啼时，母亲就会变得很不心安，急急忙忙把一百遍走完，弄得自己上气不接下气。要是哭声厉害得没办法时，母亲就只得在参拜途中回到前殿，安抚好孩子以后，再从新往返参拜一百遍。

令母亲多少个晚上都担忧得夜不成眠的父亲，其实早就已经被浪人武士杀掉了。

这个悲伤的故事，是母亲在梦中告诉我的。

第十夜

阿健走来跟我说，庄太郎被那女人带走以后，在第七天的晚上突然回来，一回来就发烧，然后病倒在床上。

庄太郎是村中的一条好汉，为人善良而正直。他只有一个嗜好，就是戴起他那顶巴拿马草帽，在黄昏时候坐在水果店前凝视路过女人的脸庞，并且不时赞叹她们的美貌。除此以外，他就没有什么叫人留下深刻印象的地方了。

当没有女人走过时，他只会望着水果，不会望向路人。

水果店内有很多不同的水果。水果篮并排摆放成两列，里面放有水蜜桃、苹果、枇杷和香蕉等，漂亮得提起来就可以拿去探病。每当庄太郎望着水果篮时，都会赞叹它们漂亮，说如果开店，就应该开水果店。尽管他这样说，自己却每天都只戴着巴拿马草帽游手好闲。

虽然他有时会说出诸如"橘子颜色很美"的话，然而他却从来没有掏过钱买水果。水果他是绝不吃的，就只是赞赏它们的颜色美丽。

某个黄昏，一个女人在店前出现。她的衣着很华丽，看起来是个地位很高的人。庄太郎很喜欢女人衣服的颜色，同时也为她的美貌而赞叹不已。于是，庄太郎摘下他珍视的巴拿马草帽，礼貌地跟女人打招呼。然而，女人却只是指着那个最大的水果篮，说道："请你给我这个。"庄太郎立即拿起水果篮给她。女人试着提起水果篮，然后说："很重啊。"

庄太郎本来就是个无所事事的闲人，加上为人爽快，于是就跟女人说可以帮她把水果篮拿回家去，然后他们就一起走出水果店外。然而，走出水果店以后，他就再也没有回来。

虽说庄太郎为人不拘小节，但这样做也未免太过分了。当亲友七嘴八舌地议论他或许出了大事时，庄太郎在第七天的晚上突然回来了。于是，大伙儿都走到他身边，问他去了哪里。庄太郎回答说自己乘火车到了山上。

那段车程必定很长。根据庄太郎所说，当他们下车以后，就看见一片草原。那片草原非常广阔，无论望向哪方都只能看见一片青草。他和女人一起走在青草地上，突然在前方出现了一个悬崖。这时候，女人对庄太郎说："你从这里跳下去吧。"庄太郎望向下方，只见悬崖深不见底。于是庄太郎又摘下他的巴拿马草帽，再三拒绝女人的要求。女人又说："假若你不跳下去，是不是宁愿被猪舔呢？"庄太郎向来最讨厌的就是猪和云右卫门，但也不至于讨厌到要用生命来交换，于是他最终也没有跳下去。正当这时，一只家猪叫嚣着跑过来。庄太郎无可奈何，拿起手上那个细长的槟榔树手杖，一棒打在家猪的鼻尖上。家猪闷哼一声倒地，然后"咕噜咕噜"滚下了悬崖。庄太郎刚稍稍回过气来，另一头家猪又走过来用它的大鼻子凑近他。庄太郎不得已之下，只好再次向家猪挥动手杖。这次家猪也是闷哼一声，倒栽进深渊里，然后他身边又出现了一头家猪。庄太郎望向远方，看见遥远的青草原尽头竟然有数不尽的家猪排成一条直线，一头接一头地朝向站在悬崖边的庄太郎叫嚣。庄太郎打从心底惊慌起来。然而，他在无可奈何之下，也只好小心地用他那槟榔树手杖一个接一个地打在挨近的猪鼻尖上。最不可思议的是，即使手杖只轻轻触碰到家猪的鼻尖，家猪都会随即掉进谷底去。假若望向谷底，就可以看到一头接一头的家猪头上脚下掉进无底的深渊。当庄太郎想到自己竟然把这么多家猪打下谷底时，也感觉自己很可怕。然而，家猪还是一头接一头地走近他，就如长了腿的黑云拨开青草，气势澎湃，没完没了地叫嚣着飘过来。

庄太郎在七日六夜里拼命击打家猪的鼻尖，人也渐渐变得筋疲力尽，双手酸软得犹如蒟蒻一样。他最终还是被家猪舔到了，倒卧在悬崖之上。

阿健把庄太郎的故事说到这里，就说因为这个原因，所以还是不要经常看女人比较好。我也很同意他的说法。然而，阿健却一直在说很想要庄太郎的那顶巴拿马草帽。

庄太郎看来是救不了的，那顶巴拿马草帽大概就要落在阿健的手上。

作者简介

夏目漱石（1867年~1916年），本名夏目金之助，笔名漱石，取自"漱石枕流"，日本近代作家，在日本近代文学史上享有很高的地位，被称为"国民大作家"。他对东西方的文化均有很高造诣，既是英文学者，又精擅俳句、汉诗和书法。小说中擅长运用对句、迭句、幽默的语言及新颖的形式。他对个人心理精确、细微的描摹，开启了后世私小说风气之先河。

苍茫梦

坂口安吾

一

那是一个冬日的拂晓。天还未亮,但黎明即将来临。夜晚那令人悚然的神秘感渐渐退去,巨大的虚无式的悲伤占据了整个黑暗。这时,草吉自然地醒来了。

室内和窗外都是一片漆黑,寒气渐重,草吉觉得心中忧闷,估计现在已经接近破晓了,大概是凌晨四点半。

草吉每天的苏醒过程都像滑进衰亡一般,几乎没有半点愉悦。在他醒来后的那几分钟里,脑海中总是不断浮现莫名不祥的事情。莫非是因为在这几分钟内人的理智尚未回归吗?比方说,脑海中呈现一幅肉体因恶疾而腐烂得令人作呕的画面;病魔使肉体呈现黑色,在满是污水的脑浆中,如同蛆虫一般蠕动着。在醒来后凝视着这画面的数分钟内,草吉心中涌出的既非不快,亦非恐惧,只有一片寂静。他心中空明,唯余这些不祥的画面,它们产生于遥远虚空中,在看客面前虚无地闪烁着,如同冬日繁星,又如同自身都被冻结了一般。草吉冷静到仿佛一切都已被冰封,连同他的痛苦和悲伤——倘若确实存在的话。

那恶疾是草吉的妻子阿忍传染给他的。她以前是港口的妓女,一想到自己把病传染给了丈夫,这个忘却了世间平凡情感的冷漠女子就会低头垂泪。

虽说倒也不是格外令人不快的影像,但草吉有时也不去想那些东西,而是试图在醒来的那一瞬在心中想象美景——辽阔的大海、遥远的山岳映入眼帘;云朵、旷野、异国的街道竞相出现,可是他却丝毫没有摆脱掉悲伤的感觉。

黎明时分,草吉醒来后不久,发觉有一抹白色浮现在天边。但其实这只是草吉的错觉,事实上天并没有亮。不过,他又明确地感觉到天色渐亮了;于是他想起身走到桌边去。正要行动,他突然想起薮小路当太郎这个人来。当太郎昨晚来草吉家玩,此时他应该就睡在旁边。

由于担心会打扰客人的睡眠,草吉起身到一半便僵在了那里,犹豫着要不要开灯。然而当他站起来的时候,却不管不顾地一下就把灯打开了。原来如此,草吉之所以迟迟未想起当太郎,是因为他睡下的地方悄无声息。当太郎不在那里,他的床铺是空的。

阿忍在港口的暗娼店调鸡尾酒时,薮小路当太郎是那家店的常客,草吉也是。两个人是在那家店认识的,当太郎比草吉小五岁,当时还是个二十五岁的年轻人。

在那个叫作"坐得住"的酒馆,外国人和日本人各占了常客的一半。这家港口小店和其他偏僻地区一样,来的都是一些生活在底层的外国人。他们大部分是来自印度、俄罗斯和菲律宾的小贩和下级职员。至于白人,无一不打着摊贩、音乐教师甚至外语老师的幌子,做着些旁门左道的买卖。这样的一群人,无论多么近的路都要乘车过来,脸上往往神色阴郁,身上散发着廉价香水味,一边嘟哝着:"晚上好,宝贝儿",一边走进店里。

没有任何人邀请,薮小路当太郎独自一人来到这家店。之后无论来多少次,他都像没有朋友似的,必定独自到来。草吉也是一样,于是二人成了朋友。

当太郎喜欢的女人在店里的花名叫玛莉亚,时年二十三岁,与阿忍同龄,是个文学少女。这个瘦骨嶙峋的女人有着病态般旺盛的性欲,浓重的黑眼圈与猛禽似的锐利眼神,将她欲望至上的原则暴露得淋漓尽致。连玛莉亚自己都断定如此。客人们不知不觉间养成了称呼她为"山猫"的习惯,一语道破了玛莉亚的本性。

在这种地方工作的女人们,与我们那种想改善卑微现实的空想毫无缘分。那些建设性的劳动、疲于探究无尽精神史的宝贵真理对她们来说毫无用处。她们既不关注,也不了解。然而,从肉体的、最原始的和最本能的角度远观我们的真实,并不由分说地将其适度打破的,恰恰也是她们。

想要把真实的自我扎根于超越肉体之处,这种焦躁、年轻而真挚的烦恼令年轻人脸色苍白,而当他不羁、独立的灵魂面对着用肉体赌明天的她们时,往往感到理想尽碎一地,唯余绝望的叹息。当太郎亦是如此。

他从山猫身上感受到一种救赎,而且他幻想在和山猫如同连理树一般交缠着沉溺于黑暗的过程中,能得到进一步的救赎。可是,在迷上山猫以后,尽管当太郎并不在意对方的身份,却失去了女人所最看重的胆魄。真是奇怪。

迷上山猫的当太郎不知是出于怎样一种复杂的想法,把自己全身都缠上绷带,做出身患重病的样子走来走去。他左腕吊在脖子上,右脚跛足,拄着竹杖,腰部诡异地弯着,神情苦涩地走在街头,每日如此。但事后查明,当太郎其实毫发未损。

到了酒馆之后,他对山猫视而不见,却和其他女人聊得极为投入。他和那个女人每晚睡在一起,最后同居了。他从一开始就没和山猫搭过话,山猫也没注意过这个假病人。

和自己不心悦的女人同居两个多月以后,他竟莫名其妙地不告而别了。与其说是从女人身边逃离,不如说是他慑于某种巨大而未知的压迫才拼命逃跑。他就像被什么东西追赶着一般，逃到远离人烟的深山中，在信浓的旅馆里自杀未遂，回来之后已经过了一年半了。

五个月前，归来的当太郎初次拜访草吉的新居。当时当太郎说自己因深夜在街上闲逛被抓进了拘留所，被臭虫咬得很痛，想休息一会儿，睡了个午觉就走了。然后第二天他又提着礼物来了，之后便频频到访。

当时阿忍的同父异母的妹妹、十九岁的弥生也住在草吉的居所，大家都看得出来当太郎对人家姑娘有好感。

过了一个多月的某天，当太郎突然以一种陌生的打扮——羽织袴出现了。一进屋就邀请弥生与他同坐，而他刚端端正正地坐下，就用坚定的语气急切地讲了要求婚的话。在没有一人搭腔的情况下，他冷静了下来，换了种声调，开始絮絮叨叨地讲述自己的人生观。简直像朗诵、演讲一样，滔滔不绝地讲了三十多分钟。

在座的各位全都目瞪口呆。在讲话终于告一段落之后，当太郎沮丧地瞥了大家一眼，视线随即落在自己身上，松了一大口气，然而此时再难讨要一个答复了。当太郎见状仿佛等待已久一般，拔高了声调，又开始就更加起伏不定的高远心境侃侃而谈，这次足足讲了一个小时。草吉陆陆续续听到了柏拉图、伊壁鸠鲁、胡塞尔、波德莱尔、帕斯卡等耳熟能详的名字，而这些话对两个女人来说简直是彻头彻尾的梦话。

当他的长篇大论接近尾声时，他突然开始油嘴滑舌地重复了好几遍。正当在座的大家厌烦不已时，他又突然结束了讲话，摆出一副和之前完全不同的神情，歇了口气。后来，他很淡定地聊了几句和结婚毫不相关的闲话，然后毫不犹豫地告辞了，完全没听弥生的答复——弥生甚至来不及表态。从那之后，当太郎又是两个多月杳无音信。

大约十天以前，当太郎时隔两月再次到访，说是去远游了一番。他用图画的方式讲述了南方波光粼粼的大海和捕鱼的情景，对亲事则表现得漠不关心。之后又来了两三次，昨晚一直与草吉畅谈到深夜，最后决定留宿一晚。床铺上不见的，就是这位当太郎。

是自行回去了吗？这倒也不是什么稀罕事，草吉心想。

令人担心的是，当太郎会不会偷偷潜入楼下女人的卧室？草吉想起当太郎昨晚的话，大部分讲的是他在南方的渔村如何大肆摸上渔女的床。想到他骄傲的神情，不难推测他是暗示自己以私通的目的留宿，从而获得一种变态的满足感。

下楼看看吧……

然而草吉又犹豫了。此时，有种近似疲惫的安心感从远处向他涌来。现在他所能做的只是听听楼下的动静。总不会杀人吧？猥琐的嫉妒心涌上草吉心头，随后又恢复到了那种复杂的安心感。草吉明白,这种冷静的心态源于自己冷淡下来的兴奋感。

此时,楼下发出微弱的响声,好像有人站了起来。不知是谁打开拉门走了出去,随后传来"哇"的一声尖叫。接着,又响起各种凄厉的喊叫声和不明嘈杂声。那是弥生的声音。草吉听到有人在呼唤自己。

草吉起了身,本以为能强迫自己冷静下来,却还是匆匆下楼了。从楼梯下来的地方是走廊和厕所,走廊旁边就是两个女人的卧室,有六张榻榻米大。除了这间卧房,入口处还有一间两张榻榻米大的房间。

草吉下楼到走廊里一瞧,空无一人。六张榻榻米大的卧房也是拉门紧闭。草吉在门外问道:"怎么了?"逃回自己房间的弥生似乎正用被子蒙着头,哑着嗓子道:"在厕所里。"

厕所里亮着灯。草吉打开门一看,当太郎颈部被勒着,头正低低地垂着。断裂的绳子掉在一旁,还有一根绳子耷拉在草吉面前。

两个女人终于战战兢兢地起来把拉门开了个缝,但并未打算走出门来。草吉俯身查看地上当太郎的尸体,寻找着尸体的面部。弥生用恳求般的语气低声说:"已经没救了……"

找到当太郎的面部以后,草吉把尸体的脸向亮光处偏了一下。有东西从口鼻处流淌出来,和着眼泪,把面部弄得满是污垢。流淌出来的是像血一样的液体。已经咽气了吗？要不还是请医生过来吧……草吉在心中反复思量。那两个抱着同样想法的女人吓得够呛，两眼无神，一动不动。

大家一时陷入了沉默，这时，躺在地上的尸体那扭曲的面部开始动了起来。

当太郎活过来了。刚才只是失去了意识。

"我还活着呢。"他像是要告诉照顾他的人似的，发出了嘶哑的声音。可是，稍微动了动的头部又垂到了原来的位置，挺在地上又不动了。

"失败了，没死成！"他呻吟道。

"你们起床之前我就醒了。你们过来以后的事情，大家也都知道了。我有点困。曾经觉得自己明白许多事，又不甚明了了。总之已经没事了，请各位别担心，帮我挪到床上去吧。我想睡一会儿。"

然而他依然大剌剌地躺在地板上，一动也不动。就这样过了几秒钟，他蓦地起身，坐起来把双手撑在壁板上，低头闭目，自言自语般地嘟囔着："让我睡到中午。"随即转过身来，开始摸索。不知道是不是因为看不到大家的脸，他谁都不看，试图上二楼睡觉。

"擦把脸吧——"当太郎对阿忍的叫声充耳不闻，像只傍晚的蟾蜍似的，一个劲儿地爬着楼梯。草吉在他身后跟着，可能是沾上了脏东西，或是有秽物漏出来，反正有种令人难以忍受的恶臭。那气味令头脑浑浑噩噩的草吉想："人的生死、喜怒哀乐都如同这秽物的浓重恶臭一般，卑微而丑陋。"

当太郎一上二楼立即钻进被窝，用被把头蒙上了。但当他得知草吉跟着一起上来以后，就在被子下面说出了和刚才一样的话："失败了，不行了，没死成啊……"草吉问他："真的不难受了吗？需不需要请医生？"他便说："真的不难受了，我只想静静地睡到中午。"不久，他把被子从脸上拿开，沉沉睡去了。这时，天空已经露出鱼肚白，太阳尚未升起，但有些许微光照在当太郎满是污垢的脸上。

当草吉刚打开厕所门看到当太郎的时候，心中首先想到的是这里躺着一个愚蠢的家伙，就像是躺在厕所里奄奄一息的巨大蛆虫，真是够烦人的。

但当太郎活过来以后，再次流淌在草吉心中的，是一种淡淡的悲凉，一种难以斩断的苦涩的哀愁。人仿佛沉溺在浊水中，感受到一种疯狂的心境，想要咒骂、攻击、猛扑向某个巨大又安静的东西。

过了许久，草吉下楼一看，两个女人正烦恼不已。

"为什么想死呢？"阿忍的眼中闪烁着愤怒的光，喋喋不休地说着，脸上露出惋惜的神情。她蜷缩在房间角落里坐着，抱着胳膊一动不动，从这副颇为拘谨的样子可以看出，她此时异常兴奋。阿忍这些年来时常想要寻短见,却完全没注意过自己的自杀倾向。

"厕所也太脏了!死后肯定一身都是蛆虫。"阿忍哼了一声道。

"想死的话,有的是又方便又干净的地方。真是够蠢的,让自己又臭又憋屈。"

"别说了,姐姐你不懂。"弥生突然哭出声来。

"姐姐你怎么会理解想死之人的心情呢?我就曾经想过在厕所里结束自己的生命,已经许多次了!"弥生歇斯底里地喊着,哭了起来。

"不行的,厕所里……厕所里怎么行。死在田野中不好吗?"

阿忍在衬衣外面套了一件外衣,光着脚穿上鞋,早饭都没吃完就出门散步去了。

午后,当太郎醒来了。虽然脸色极为憔悴,但看起来和平时轻松的样子无异,醒后不久就回去了。

二

到翌日晚餐之前,什么事情都没发生。

在昏暗的灯光下吃完晚饭以后,草吉终于回过神来,感觉疲惫又茫然。这时,此前一直不动声色的弥生忽然在房间角落里悲痛欲绝地哭了起来。哭声来得极突然,声音十分凄厉。

"薮先生为什么不来了?我明明在等着他!"弥生喊道。

听了这话,一直搞不清楚弥生泪从何来的草吉和阿忍才明白,弥生其实终日暗自期待着当太郎的来访。晚餐完毕,夜幕亦已降临,想必她等的人不会来了,于是感到心中难过。即便如此,这也是挺出人意料的。

即使在当太郎表明心声的那天,弥生也毫不犹豫地对草吉和阿忍说过,那样的人可靠不住。当时她完全是一副漠不关心的样子。更何况之后两个多月当太郎杳无音讯,他在弥生心里留下的痕迹应该也已经消失无踪了。就算他时隔许久从南方归来,弥生也表现得无动于衷,一切似乎都已经过去了。只能认为她这种新的变化是由当太郎自杀未遂引起的。

"啊?你整天闷闷不乐,就是在想这些吗?你这丫头,长点心吧!"阿忍仓皇失措,突然大喊起来。

"可我想见他嘛。"弥生抹着眼泪说。

"见面干吗?"

"什么干吗……就见个面就好。"

"上个吊还把你迷住了呢,你品味可真独特啊。难道你打算和他结婚吗?"

"嗯。"弥生摇摇头,垂下头沉默片刻,喃喃地说:"我想用一种与以往截然不同的心态和他见面,因为我以前从未考虑过他。所以,我想一边考虑一边与他见面。"

"你想太多了。他自杀也不是你一个人的错。薮先生的自杀原因很复杂,毕竟他轻佻又善变。如果你以为自己把他迷到如此地步,就大错特错了。"

"即便那样也无妨,见个面不就见分晓了。"

"是吗?那随便你吧!"

阿忍生气地起身向镜子走去,却没照镜子,只是躺了下来。

"事情刚刚过去不久,想必薮先生也很疲惫。或许发了烧,正哼唧呢。"

"如果他病了,我就去照顾他……"弥生又要哭了,颤抖的声音如同笛声一样纤细。

"姐夫,请您带薮先生过来吧!"她再次尖叫出声,哭了起来。

"真没办法,那你就去薮先生那看看吧。"阿忍在榻榻米上翻了个身说道。

"嗯,我去一趟。"草吉应声起身。

草吉走在寒夜中,不久便理清了自己隐藏的内心。他一点儿也不想去拜访当太郎,他哪里都不想去,只想走走。

转了几个弯以后,草吉想去围棋会所看看。可是一想到对手是个陌生男人,心情马上郁闷了起来。他叫住一位面善的路人,胡说了一个离自己住处很近的门牌号,向对方问路。

不巧的是，那个男人对这一带街道并不熟悉。不过草吉还是高兴地频频行礼告别。他本想去看看电影的海报，却不由自主地向着黑暗迈出了脚步，走上了铁路沿线那片沼泽般的草原。铁路对面有家工厂，所有的灯火都已熄灭，就像夜空中被掏空的风洞，形成了巨大的黑影。草吉就像被莫名吸引似的，围着方形的斜坡走了一圈。郁积于心的巨大空虚感，带给草吉的内心一种安息般的静静的哀愁。

他心想，就算是我也不会现在去横穿铁路。只不过因为隐约看到了风洞似的建筑物的硕大阴影就去横穿铁路，感觉还挺不可思议的。倘若我为了观看这夜空中庞大的风洞之影而走去港口的酒馆，一边把女人抱在膝上，一边饮酒，是不是就更不可思议了……

草吉的心开始不安分了。他就像为了让自己能听清一样，大嚷道："看着风洞般巨大的夜空之影，既不想死，也不急着去港口的酒馆，就这样在昏暗的路上走着，这样的我难道不奇怪吗？……"

草吉向着晦暗的天空仰起脸来，笑了笑。他沿着铁路向车站走去，进了一家之前去过两三次的烧酒屋，勉强喝了五杯又甜又臭、极具特色的液体，之后渐渐萌生了去拜访当太郎的念头，那时已经九点了。

薮小路当太郎家里经营着一家相当有名的餐馆。父亲去世以后，他本来应当担起家中的重任，但母亲和妹妹把店铺打理得井井有条，因而他并不干涉经营。倒也不是讨厌继承家业，他只是深深地憎恶着家庭所带来的无形束缚。另一方面，他特别敬爱自己的母亲，疼爱自己的妹妹。这种难以割舍的亲情成为了无形的家庭束缚，这也是一个让他痛苦的因素。

当太郎从小就身负母亲的重望，甚至取得了自己并不喜欢的茶道和插花的等级证书，而且他在长歌方面的造诣已经达到了足以令专业人士赞叹的地步。这个男人在外面的时候，胳膊吊在脖子上，夸张地跛着脚，拄着拐杖脏兮兮的把手，撅着屁股走向港口酒馆；而他在家里的时候，则会在安静的午后或夜晚时分为母亲和妹妹演奏超凡脱俗的三曲合奏，或是优雅地啜饮母亲所点的一盏淡茶。这种环境下的陈规旧俗和性格中隐藏着的畸形面，对于发展方向与母亲所愿背道而驰的当太郎那奔放不羁的苦难世界来说，简直是令人作呕的原罪，加深了他的自我厌恶。他很抵触让朋友见到自己在家里的那一面，而一个人能独立认识真实的自我，也是一种难以忍受的痛苦。他会不知道该在怎样的日常情感中寻找真实的自我。

那晚草吉上门拜访的时候，当太郎称自己从昨天就已卧病在床了。草吉来到二楼的房间一看，杂七杂八的书籍和纸张散落在床铺四周,当太郎看起来疲惫不堪。只见他两颊凹陷,满面憔悴,身体清减了许多,只有一双眼睛像野兽似的闪闪发亮。他说自己从草吉家回来以后,一直在不眠不休地读书和写作。

草吉简单地说明了来意,他自身对这件事几乎毫无兴趣。不知当太郎敏锐的神经是否受这种漫不经心所感染,也表现得很漠然,但他立即回答会与草吉同行。

"我昨晚一直想给你写信来着。我想,也许在写信的过程中,可以理清连自己也不甚明了的内心,认清令人不明就里的万般种种。然而,一落笔才发现,就连确定无疑的事情在大家眼里都是谎话连篇。"

当太郎站起身来,若有所思地说道:"你为何而活呢?当我认为自己连自杀的资格都没有的时候,我亦觉得再也找不到你这种走投无路、死路一条的人了。"

他忽然眼神一闪,凝视着草吉,哽咽道:"你就像夜路上的街灯,一心想要照亮什么,散发着模模糊糊的光芒。然而,终究是周围的黑夜明显占了上风。每次见你,我都会想到街灯那苍白的悲伤。"

"我从未想过为解脱而寻死,我认为自杀是不道德的。在我三十年来的人生中,哪怕在消沉的时期,我也没有一次动过自杀的真心思。"草吉静静地说。当太郎低头默然片刻,毫无反驳之意。不久，他抬起头，露出孩童般柔弱的微笑，注视着草吉，喃喃道："可是你比我更想死吧。"

"多说无益。"草吉不予理睬。

两人打开拉门正要出来，隔壁的门正开着，一个身材娇小的姑娘尖叫着跑了出来。那是当太郎的妹妹雅子。

"哥哥，你别去！你会死的，会被杀死的！"雅子挡在当太郎面前，拉着他的手。

"草吉先生是不会杀哥哥的，快放开哥哥。我现在不只是身体虚弱，头脑也是如此。哥哥从昨天开始一直没睡过，而且我最近三四个月变得越来越虚弱了。再这样下去，会发生很恐怖的事情。草吉先生也不理解我，不明白我假面之下的神经是多么脆弱。"

"没什么好担心的。"当太郎对妹妹说道。他一边说一边涨红了脸："这个人不需要理解，因为同类完全相通。无须担心，没有那么累。"

"哥哥不打算回来了吧？"女孩用激烈的口吻说道。

"我会回来的。"

"好吧，好吧！不回来也随你吧！"

雅子的脸一下失了血色，歇斯底里地晃动着肩膀大喊道。

"好啊！想自杀就自杀去吧！"

她突然撩起衣袖，哀痛欲绝地掩面哭泣。一时间气氛沉重无声。两个男人正想静静地动身离开,双手掩面痛哭的雅子抽出一只手拉住了草吉的衣袖。

"请阻止我哥哥。我明白结局会很不好。他现在状态不正常,现在正是危险的时刻。求求您,请别让他去。"

"不妨事,无须担心。"当太郎绷着脸,代替草吉答道。

这时,从隔壁房间拉门的阴影处,响起了与雅子的声音相仿、歇斯底里的中年妇人的声音。

"随他去!任何地方都行!能置母亲于不顾的话,去哪都无妨!别拦着他,雅子……啊……别拦他……"

声音戛然而止。四周瞬间陷入可怕的沉默。当太郎苍白的面颊忽然泛起微微红潮。他就像一只想要拼尽全力吼叫的小狗那样,伸长了脖子,对着门内看不见的地方尖叫道:"母亲,没事的!没什么好担心的!"

然而拉门里没有再传出回应。当太郎本来做出一副要大吵的架势,站得像棍子一样笔直,最终还是颓然败下阵来。随即两个男人迈着凌乱的脚步走下楼,不发一言地离开了。

直到草吉的住处,两人皆默默无语。此时已接近十一点了。

疲惫的当太郎一进屋就露出了生动的表情,变得像无忧无虑的少年一样健谈。

"我喜欢这座房子。"他环顾着大家,脸上洋溢着愉快的微笑。

"即便人在旅途时,回想起这个房间也是很愉快的时光。昨天和今天我都在休息时想起这间房,今晚要是不来叫我的话,我就要度过一个难挨的夜晚啦。"

"别开玩笑了!"阿忍显得很暴躁,严肃地喊道。

"你要是在这房间里上吊的话,难捱的就是我们了!我们暂时不能请薮先生留宿了,无论是深夜还是暴风雨的夜晚,您都请回吧!"

"我不会屡屡求死。我死不了的。我的自杀真是不争气的行为,我也是没有志气的人。"当太郎展颜一笑。

"自杀的那位薮先生不是真正的薮先生。真正的薮先生单纯无邪。倘若让单纯的人装模作样地学着别人做出一副复杂的样子,还不如让他去死。我也是这样的人。"弥生突然尖声叫道。

"我真的很想见薮先生!总是在等着你,盼着你,还哭了一场。"

"但我其实更想要见到你。"

"那你自己怎么不来呢?"

"想见面和去见面完全是两回事。如果是真正想见的人,哪怕没有见到,亦是如同晤面。不,不见面才能邂逅真实的对方。如果是必须得见到面的人,就不是心中真正念着的人。"

"可是,我要是见不到薮先生,就感觉没有见面呀。"

"是啊,所以我才会过来。这样的话——对了,就算见到面你也感觉没什么意思吧,因为你并非倾心于我。不过这样也没关系,反正我也很想来见见你。"

"是呀,是呀,我并未恋慕着您。可薮先生您还真是了解啊!是的,我真的完全没有喜欢上您。薮先生做我的丈夫——这事想想都觉得好笑呢。"

弥生眼中满满是痴女般单纯的喜悦,用高亢热情的声音喋喋不休地喊道。

"不过,薮先生您还真是了解呢!若是您不来的话,我就会号啕大哭,是真的。薮先生不来的话,我就会觉得很寂寞。但并不是喜欢薮先生喔。但如果您来了的话,我就会一直想让你喜欢我,我想得有点多。"

"这种事您不说我也晓得。明明还是个孩子,却要摆出一副成熟女子的样子。你要是还这样,我可有点为难了。而且你把话说得这么明白,也是有点滑稽。"

"是啊……"

弥生以袖掩口,大笑了起来。然而她笑着笑着,忽然掩面痛哭。

"我真是太不幸了。"弥生啜泣着说。

"谁都体会不了我真正的悲伤……"

她哭了不久,忽然笑了起来,双眼闪着纯真的光芒,喃喃道："哼，还真是有点儿歇斯底里了呢。"

"是啊！完全如我所料，简直是丝毫不差！"当太郎笑道。

"我来的时候就设想着会有这样愉快的对话，然后度过欢乐的一晚。果然如此。我的心情一片明朗，没有什么遗憾的了。这样一来，我就可以高高兴兴地回家休息了。"

"薮先生，您可以留宿的。我刚才只是吓唬您一下而已。"阿忍说。草吉也表示不放心他回去，但当太郎还是站起身来："我想走走……"

草吉睡意昏沉地随之起身，觉得一切都如同蒙蒙细雨一般无聊。此前他甚至连话都不想说，就像在梦中一样，听着他们讲话。

草吉向着大森海岸的方向走去。风已经住了，月亮正在爬上冷澈的天空。当太郎跟在草吉后面。正逢大海满潮，汹涌的波涛击打着岩壁，海面晦暗而静谧，寒冷刺骨的海风刮过，月亮静静地洒下一片清辉。

"都是孽缘呐。"当太郎突然低声咕哝了一句。

"连我活着也是孽缘……"

他像是想要坐在冰冷的石板上，而后蹲在了那里。可能哭了，许久未动。

三

在那之后又过了几日,当太郎的家人给草吉发了长文电报,说是想请草吉帮当太郎一个忙,劳烦来家里一趟。

草吉到了以后,没见到当太郎的母亲,当太郎的妹妹雅子接待了他。雅子静静地微笑着,仿佛闲聊家常般,毫不黯然。

她告诉草吉,上次见面的第二天,当太郎就去旅行了。这次是北国之旅。他去了越后的鲸波——一个面向日本海的无名小镇。他在来信的开头写道:"抵达目的地的那天刮着暴风雪,连海面都看不见。"家人读了他的信以后,都觉得是他的遗书,于是雅子决定乘坐当晚的夜行列车奔赴鲸波。可是,家人对当太郎的自杀实在是束手无策,因此想请求草吉与她同行。

说这些话的时候,雅子始终面带微笑。

"反正他早晚都会达到目的,他自杀是常有的事。虽然我已经放弃了,但还是想尽量阻止他,许多时候我觉得就算阻止也是无济于事。这次也是,虽然没有明确是遗书,但从字面看,能感觉到他想静一静,悠闲地泡个温泉,然后可能心血来潮地寻个短见。虽然有点蠢,但我还是去看看吧。"她说道,脸上始终带着静静的微笑。

草吉的心绪似乎被她那慵懒的笑容带去了极远之处,他漫不经心地听她说着话,同时清晰地听到昏暗院落一隅有竹林沙沙作响。

当晚十一点,两人登上了前往上野的深夜列车。整个冬天上野站都有降雪。行驶在北国暴风雪中的列车,车顶和车窗结满冰雪,排列在车站里。那辆深夜列车载着他们两人,开过了赤城山麓,奔走在雪地上,穿过上越连绵的山峦,经过土合、土樽、石打等积雪量最深的地点。不过,由于是深夜,也看不见雪。

"来我家玩的朋友中,有三四个人曾被我哥哥强暴过。其实不用施暴,花些心思就能和她们成为恋人。我哥哥很会和女人聊天,所以我的朋友们和他比我和他的关系更好。可他和女人熟了以后,就不会好好说话,反而会使用暴力。有不少女性受害者呢。"

雅子坐在车厢里,露出疲倦的笑容,如此说道。

"都怪我们的父亲。好色和梅毒是我家的遗传。"

听着这话,草吉昏沉的头脑中充斥着各种不堪的念头,蠢蠢欲动。在他的脑海中,雅子已经一丝不挂了。在狂风呼啸的屋檐下,四面环绕着汹涌的波涛声,肉体交缠着,被憎恶与兽欲交织的寂静暗夜所笼罩。草吉也想化作野兽。

他人的自杀……真是虚无缥缈啊,几乎令人难以置信,对草吉来说,这完全是种难以理解的空洞事实。相较之下,他能清晰地感受到蠢蠢欲动的欲望是如此炽烈、热量可观，令人血脉偾张。迅速奔赴冷清的海岸温泉，会让雅子那包裹着苍白感伤的肉体变成无情的野兽，其实一切只为了相拥而已，而旁人只会认为她是因满心戚戚而着急。

醒着，抑或在梦中？在与困倦难以分辨的巨大空虚中，弥漫着阵阵旅愁。在与肉欲不同的空间里，日本海沿岸的海风裹挟着忧郁，如同黑暗、起伏的大海一般展开，让人觉得欲望是如此疯狂，如此疼痛，如此悲伤。

这也是孽缘吧……

草吉就像憎恶一切、藐视一切似的，在心中狂叫着。

翌日清晨，他们在宫内换乘，在能看到大海的车站下了车，这就是鲸波。虽说在到达宫内附近以前，始终有厚得惊人的积雪遮挡着视野，但随着接近大海，雪渐渐减少，到了鲸波以后几乎见不到雪了。呼啸的海风使得海边没有积雪。雪被刮到山区以后，便成为丈余的积雪。芭蕉所咏"佐渡沧溟杳杳去，浮天银河悠悠来"之处正巧也在这附近。

到了旅馆之后，得知当太郎吃了早饭以后就去海边散步了。于是两人立即赶往海边。

这是一个令人压抑的阴天，乌云低垂在海面上。从这里自然是望不到佐渡的——海面被阴云笼罩，只能看到小小的一片。乌黑的大海仿佛流露出痛苦的绝望，黑暗的海面上波涛激荡不绝,泡沫在海面上闪着光,如同森森白牙。有个人影走在海边。虽然隔着四五百米的距离,他们还是一眼就认出了当太郎。

怒涛声不间断地响彻大地,恐怕连疯子的尖叫也传不了一百多米。两人自然加快了脚步,但雅子因想要持续大喊的冲动,脚步格外快一些。她一面快步走着,一面流下泪来,最终难以克制心中的激动,独自奔跑起来。她拼命地低声念叨着"哥哥",声音连同面孔几乎要被狂风扯碎,一只木屐陷在沙滩里她也全然不顾,还把另一只木屐也用力甩掉,赤着足拼命地跑了起来。还有三四百米。

草吉拾起她的木屐,单手提着,慢悠悠地走在后面。他趁机远眺着大海的四周,盛满忧愁的汪洋波浪滔天,却也隐含着坚定的寂静。在草吉心中,这种苍凉的静默如同无言的哀愁,静静地流淌着。

当太郎与草吉分别的那夜满面疲惫,如今气色比起那时倒是好了一些。

"我自出生以来,还是第一次眺望日本海。"当太郎露出落寞的微笑,对靠近的草吉说道。

"暴风雪下到前天才停。昨天又下了一日的雨,落雪亦消融了,看来今天是第一个无雨无雪的日子呢。暴风雪来临的日子里,我试着去过海边,还以为会被吹倒呢。人在暴风雪中难以呼吸，耳边传来如雷般的海浪声，却完全看不见大海。"

回到旅馆，到浴室洗了个澡的当太郎就像变了个人一样，生机勃勃。

"当你直面着庄严的大自然，你会觉得人造工程简直不值一提。区区一个人的生死，更是何足道哉。人类这沙滩上就像沙砾一样渺小。我本想试着结束自己的生命，可一想到人本就是一粒微尘，便觉得懊丧得很，反而松了口气。总而言之，虽然大自然有如此狂暴的一面，其中却隐含着痛苦的救赎。"

当太郎高声朗笑，脸上没有丝毫阴郁，讲述着自己的感悟。

然而第二天早上，当太郎却不知所踪，只知道他好像从旅馆出门去散步了。辗转调查一番才发现，有线索显示他从柏崎乘坐火车离开了，就像此前他沿着海岸兜兜转转到达柏崎。令人感觉不踏实的一天终于过去了，黑夜已经降临，但还是没有当太郎的消息。夜色已深，呼啸的北风和涛声突然急促起来。

确定当太郎失踪以后，雅子反而恢复到了忧郁般的冷静状态。随着时间的流逝，房间里的悲观气氛开始逐渐加深，被推入深渊般的无力感和不安压在每个人的心头。夜深人静，忧郁沮丧的雅子脸上露出了更加病态的苍白。

"哥哥这会儿可能想在别处静一静。"雅子又露出了忧伤沉静的笑容。

"反正他早晚都会那么做的。就算今天没死,近期也会发生同样的事情。担心他毫无意义,我真是受够了!不过,他会死在哪里呢?海里还是雪地中?冷冰冰的多可怜啊。哥哥不是什么要强的人,所以我想他大概会死在温暖的房间里吧……"

雅子坐在被炉边,打开一本书懒懒地翻着,时而想起什么似的抬起头露出哀伤的笑容,滔滔不绝地讲着这种话。

"不如就装在棺材里带上火车吧?要是火化了再带回去,母亲就见不到他最后一面了,多可怜呐。哥哥到底是为何而生的呢?简直是为自杀而生,为挣扎而生,为沉迷女色而生。他用情不专,流连花丛,到最后没有一人是真爱。试想这是多么悲哀。往往出手快得令人惊讶,之后一冷淡下来,就立刻觉得感伤……"

面对雅子的感慨,草吉未答一言,他只说了一句:"如果他死了,也没办法。"虽然他是顺着话茬讲的,但这也是他此时唯一说得出口的真心话。

他人的死亡——这种过于缥缈、不可思议的事实对草吉来说,只会加深他心中那异常遥远的空虚、忧郁和无所适从的感受。在空虚感愈发强烈的同时,狂野的欲望却在蠢蠢欲动。另一方面,如同黑暗的海浪一般起伏的悲凉感也在持续不断地流淌,当这些感受聚到一起的时候,就化作令人窒息的空虚，让人一瞬间陷入巨大的沮丧之中。

草吉逃进浴室，试图消除邪念。然而，即便他躲到雅子看不到的地方，也没能熄灭自己的欲火。

洗了个澡回到房间以后，草吉以一种非常不自然的状态，冒冒失失地走着，来到靠着被炉、心不在焉地翻着书的雅子身边，把手搭在她柔弱的肩膀上，款款动作起来。他清楚地意识到了自己那狂暴的情欲，同时又感到心中有一种莫名的压抑。在这电光石火的一瞬间，草吉强烈地希望自己可以憎恶起这种令人压抑的疑虑。但他还是像对待玩物一样，粗暴地对待了雅子。

雅子绷着脸，一脸痛苦。但她很快就像失去所有知觉一般，表情空洞，毫不反抗了。

雅子白着一张脸，露出破罐破摔的微笑喃喃道："哥哥的事已经让我很头疼，真是受够了……"

将近傍晚的时候，从东京传来了消息，说是当太郎在新潟的一间旅馆里服毒自杀了。

当太郎是在早上被发现的。人们根据他登记所用的地址和姓名先向东京发了消息，然后消息又从东京传了过来。于是二人立即出发赶往新潟。

雅子又露出了疲惫而忧郁的微笑。在涛声轰隆的车站茫然地等车是件痛苦的事情。

随着火车不断加速,雅子脸上的微笑渐渐消失了。

她的太阳穴上暴起了几根淡淡的青筋,开始表现得烦躁焦虑,于是她开始保持沉默。即便她因为草吉在身边而有所顾忌,动作上还是时常流露出痛苦的情感。她把脸贴在火车窗户上,眺望着傍晚的雪原,眼中盈满了泪。

"她一定很恨我,想必在诅咒我。就连恶魔在面对一切温暖的烦恼时,也会感到束手无策吧。"草吉在心中自言自语。遥远的旅愁已然降临了吗?

草吉在某个车站买了份地方晚报。乡下很少发生旅客自杀事件,因此报纸用两栏通栏做了报道。当草吉读到报道的末尾时,那阴郁的、宿命般的文字让他眼中一黯——当太郎有希望被抢救回来。

他把报纸给雅子看了。雅子会怎么想呢?就算心情再复杂,也是会感到高兴的吧。

然而,草吉心里却感到很沉重。对于执拗的自杀惯犯而言,被抢救回来无疑是一种残酷的讽刺。对于满心诅咒的草吉来说,这不是发生在当太郎身上的事情,而是他自己的事情。要像这样,像这样活到什么时候呢?随着火车前行,草吉那苦涩的抑郁更深了。

作者简介

坂口安吾（1906—1955），日本小说家，出生在日本新潟。1930年，坂口安吾与友人合办同人杂志《言语》。1946年，他敏锐把握了战后的本质，发表了《堕落论》《白痴》，一举成为人气作家。他创作了许多反映战后社会的小说、随笔，作品具有浓郁的叛逆和讽刺色彩。1955年，坂口安吾因脑出血逝世，享年49岁。

梦

相马泰三

一

外面风雨大作,间或传来树梢处的枝子之间相互碰撞的萧瑟声响,时而还有落叶擦着窗户掠过。但这些绝不会打断老医师那安静的沉思。房间天花板很高,屋里空荡荡、冷冰冰的,他的身体深深陷在大扶手椅中,并未感觉寒冷。而且,虽说是沉思,却不同于以往忙碌生活中的种种,这会儿的沉思是非常漫不经心的,与责任之类毫无关联。

他的双手妥帖地放在膝上,双眼微闭,悠闲自在地神游着。蓦地,嘴角浮现出一丝笑容,俄而双目圆睁,强忍笑意,却还是"扑哧"一声笑了出来。

故事还要从两周前说起。两周前,他去东京举办自己的第三次婚礼,在婚宴上发生了一件趣事——刚才那件事莫名其妙地浮现在了脑海中。

当时,他想要吃端至自己面前的一片鸡肉。他笨拙地握着刀叉,手法生疏,切得叮当作响,表情严肃得有些可笑,却不想一时用力过猛,餐具刚巧飞进了身旁新娘的面包盘里……

一想到这件事就觉得可乐。老医师转念一想,真没预想到自己晚年还能发生这等乐事,完全出乎意料。他原本以为自己一生都不会有如此悠闲自在、自由散漫的时光了。

世事皆不由己,但天意如此,也只能安之若命。

他育有八个子女,四男四女。从单纯的意义来说,一向循规蹈矩的他作为八个子女的父亲,从来没想过自己而活。他须得在自己最为年富力强之时,倾注全部的岁月和精力,为孩子们的学费以及女儿们的嫁妆而尽心竭力。

二

秋季已然过半,这一带寒潮渐侵,呵出的白气清晰可见。在某个秋高气肃的清晨,一大批工人把二百多棵挺拔的小松树运进了老医师的后院。那日,老医师也早早来到院中,和用人老权一起监工。

翌日,老医师家里陡然变得熙来攘往。每天都有园丁接踵而至,工人和石匠也蜂拥而来。老医师心中理想的悠闲晚年生活就是侍弄花草,他之所以这样安排,正因为这是他力所能及之事中最为清净的。

他毁掉家门前的七亩多桑田,开始拓展庭院。花匠向他推荐了几种不同的搭配方案，有的地方布置得高低错落，有的地方摆放假山作为装饰。可是东家却不太喜欢这种风格。他表示，可以的话，就把自己的整个庭园都种满松树，而且他的想法和花匠完全相反——他希望尽量去掉现有的其他树种，全部换成松树。

不久后，早上开始结霜了。翻开的泥土上立着霜柱，连放在一旁的锄头之类的工具柄上都结了白霜。松树根根松针仿佛沾染了银粉，清华灼灼。老医师每早起来眺望着披着霜花的庭园，都觉得心旷神怡。松树苗比人略高，老医师身高略矮，有的小松树比他稍高，也偶尔会有比他矮小的松树苗。当他站在这样的树边时，就会说："快快长大，可别输给大家。"他就像宠爱小狗那样爱着这些小松树。

后来，他又买了一百多棵松树苗。过了一段时间，时而冻雨来袭，时而雪花纷飞，他忙用草席把树干底部全都围了起来。

不久，积雪覆盖了庭院，绿色的小松树和白雪相得益彰，显得更加风姿卓然。

三

十二月中旬，他的四儿子因公奔赴英国。之后，他又收到二女儿丈夫家寄来的信，信中报了平安，说是顺利生下一个男孩。除此两件事之外,整个冬天乏善可陈。而这两件事都令他高兴得无可言表。虽说半年前就都听到了一些讯息,但事到临头难免还是会担心,尤其是四儿子文夫,那孩子从此露出锋芒,想必是能出人头地的。每思及此,他就觉得自己一直以来所肩负的重担真正地放下了。

春风和煦,久违了的黑土又重新显露。老医师又召集了工人,打算在松树下铺设草坪。

在他的悉心照料下,松树苗无一枯死,它们精神饱满地迎来了春天,开始了新一轮的生长。

不久,枝头纷纷鼓起柔软的小苞,随即轻盈地吐出了新芽,根部出现了一簇簇淡褐色的花蕾。

悄无声息间,黄色的松花粉随风飘散,仿似化作烟雾一般。起初,老医师在庭园角落和石景背面看到黄色粉末的时候,还不知为何物。当他知道这些都是松树的花粉以后,他还颇有兴致地用指尖点了一点。

四

那年秋天,他又把屋后的七亩多耕地改种了小松树。翌年又种了一百多棵。在这期间,第一批种下的小松树已经长到了当初的两三倍高。风来松涛生,萧萧松叶鸣。

之后,老医师的想法也已与当初大不相同。起初,他只想打造观赏性的松树庭院，而现在他却独自盘算着，在这松林之中选出自己最心得意满之地，用纯白的大理石为自己修墓立碑。他想躺在那下面，安息到永远。

近来他有一个喜好，总爱在深夜聆听万籁俱寂中传来的阵阵松涛，想着在那树下……啊……就在那树下！倘若到了冬天，皑皑白雪就会覆盖这片浩浩松林吧。他还想过很久以后的事情，多年以后，这片树林里的树木会更加高大繁茂。有时，他设想中的洁白坟墓还会增加几座，把妻子、儿女的坟墓也都算上，排成一列。最后，往往是松林之风打断他的幻想。

五

自那之后，又过了八九年，老医师的头发白了大半。现在的他没有丝毫不如意。自己的子女们个个出类拔萃、出人头地，走在各自幸福的康庄大道上。可爱的孙辈也多达十几个，都快数不过来了。松树也都枝繁叶茂，树梢一点微红，高大挺秀，需得仰头视之。

自己的墓地选址已完成，洁白的大理石墓碑亦已准备妥当。有关坟墓的所有遗嘱也多次誊清，妥帖地收在自己的文卷匣中。

他每天打扫庭院，静静等待着自己病入膏肓。对他而言，飕飕松声如今是莫大的慰藉，也是超脱一切的强烈向往。在那树下……啊……就在那树下！

六

某日，他如往常一样来到院中，蹲在那棵自己将要长眠于下的树前，如同初次邂逅般眺望着美丽的松林。白颊鸟在松树梢头婉转自在地恰恰啼叫。午后的日光绯红慵懒，从松叶间洒落，照在他的膝前。

他蹲在那儿，渐渐失去了意识，不知不觉间睡着了。

……松风在头顶寂然吹拂。自己好像已经入土了，但周围的情况却一览无余。他低着头，沉浸在深深的冥想中。这时，他的头上传来前所未有的嘈杂声。他猛地抬头，大吃一惊。周围的松树全都枯萎了，呈现一片红色。惊诧间，他仰首远望。啊！自己的松林外竟是一望无际的莽莽松原，然而松树却都流露出一种绝望，红彤彤地干枯成一片。话说，它们为何干枯得如此殷红丑陋？他大惊失色，正要起身便醒了，只觉全身难受，冷汗涔涔。短暂失神之后，他茫然四顾，周遭的松林正沐浴在夕阳下，苍翠欲滴一如往常。那只白颊鸟尚未飞远，在附近的松枝上啼啭不已。

——原来是梦。

他这样说着，强行把这梦魇抛诸脑后，却不知为何总是心神不定。

之后的四五天，他夜里又做了同样的梦……松涛悲声阵阵，随后辽阔松原那殷红丑陋的槁木便呈现在他眼前。

——是梦！

他大喊道，就像要把什么驱散一般。

可是，此后这场景仍然频频入梦，对他纠缠不休，颇为令人伤神。

作者简介

相马泰三（1885—1952），日本小说家，生于日本新潟，早稻田大学英文系肄业，后进入万朝报社担任《妇女评论》记者。1912年与谷崎精二、葛西善藏和广津和郎创办《奇迹》杂志。著有《六月》、唯一的长篇作品《荆棘之路》、童话作品《桃太郎之妹》等等；译著有列夫·托尔斯泰的《复活》（与相马御风共译）和斯蒂文森的《金银岛》；晚年从事连环画的制作。1952年去世，享年66岁。

梦

芥川龙之介

我感到筋疲力尽。不但肩颈酸痛,还严重失眠。不仅如此,哪怕偶然小睡片刻,也是梦魇不断。曾有人说过:"做有色彩的梦意味着身体有恙。"然而,可能是因为身为画家的缘故,我的梦多数是彩色的。梦中我和某位友人一同去了近郊,穿过一扇玻璃门,走进一个像是咖啡屋的地方。玻璃门上积满了灰尘,外面是火车道口,柳树正舒展着新芽。我们坐在咖啡屋一隅,吃着碗中的料理,结果吃完了一瞧,碗底剩下一个寸余长的蛇头。真是一个色彩明晰的梦。

我住在寒冷的东京郊外。每当我郁郁寡欢的时候,便从住处屋后登上坝顶,从那里俯视电车的轨道。铁轨铺在油渍斑斑、锈迹点点的碎石上。对面的堤岸上似乎斜斜地长着一棵树,这情景简直就是忧郁本身。不过,比起银座、浅草来,这里更符合我的心境。"以毒攻毒"——我独自蹲在堤顶,抽着一支烟,间或如此想道。

我也不是没有知己好友。他是一位年轻的富二代油画家，见我垂头丧气便建议我外出旅行。"盘缠总会有的。"他热情恳切地说道。然而，我心里比谁都明白，就算我去旅行，抑郁的状态也不会有任何改善。事实上，我三四年前就曾囿于这般惆怅，为了求得短暂安宁，我决定远赴长崎旅行。结果，到了长崎一瞧，没有一家旅馆让我觉得称心的，好不容易住下的那家旅馆竟然还在夜里飞进数只大灯蛾，令我痛苦不堪，最后不到一周就重返东京了……

在一个霜柱尚未融化的午后，我正走在取款的返程途中，创作灵感突然来袭。确实是因为有钱进账，可以用模特了。不过也的确是创作欲突然出现了爆发式增长，我没回住处，而是径直去，名为M的店里雇了一名模特，以创作一幅十号左右的人物像。终日忧闷的我竟久违地有了些许干劲。"只要能画完这幅画，我死而无怨。"我情真意切地想。

从那家名为M的店里雇来的模特长相不是很惊艳，但是身材窈窕，而且她梳向脑后的头发也十分浓密。我对这名模特还挺满意，让她坐在藤椅上，略一观察，便迅速开始创作。赤身的她拿着卷起来的英文报纸代替花束，两腿轻搭，颈部斜斜地摆好了姿势。然而，我一面对画架便觉得疲惫了。我的房间朝北，屋里只有一个火盆。我自然是生了火的，那炭火把盆边都烤焦了。可是，屋里仍然不够温暖。她坐到藤椅上之后，双腿的肌肉常常反射性地颤抖。我边画边感到阵阵心烦意乱——不是对她，而是对买不起暖炉的我自己感到沮丧，同时也为自己得为这种事分神而感到沮丧。

"你住在哪里？"

"我家吗？我住在谷中三崎町。"

"你自己住吗？"

"并不，我和朋友两个人合租。"

我一边说着话，一边在画有景物的旧画布上徐徐着色。她始终面无表情地斜着颈部，不仅语言单调，声音也很呆板。对我来说，这可能是她与生俱来的气质。这种气质让我感到平静，于是常常找她在业余时间继续做我的模特。可是，我从她这种目不斜视的姿容中也感到了某种微妙的压抑感。

创作过程并不顺利。在完成一天的工作之后，我基本上就是瘫倒在地毯上，揉着肩颈部，抑或在屋里发呆。我的房内除了画架以外，只有一把藤椅。不知是否是空气湿度的问题，这把藤椅就算没人坐在上面，也时常吱嘎作响。每当这时，我顿觉遍体生寒，忙起身快步出门。说是散步，其实也就是沿着屋后堤坝去寺庙林立的乡下转转而已。

尽管如此，我依旧每天对着画架。模特也每天都过来。不久之后，我面对着她的身体感到越发压抑了，同时，我对她的健康也感到羡慕不已。她躺在浅红的地毯上，用一成不变的空洞表情盯着屋子的角落。"与其说是人类,不如说她更像动物。"我在画架前创作时,总是这么想。

某个微风送暖的午后,我依然在画架前挥舞着画笔。模特今天也板着脸,且比平日更甚。我从她的身体上感到一种野性的力量,我还闻到她腋下或是其他什么地方的味道,有点像是黑人的体味。

"你出生在哪里?"

"群马县××町。"

"××町?那里有不少织布坊吧。"

"嗯。"

"你没织过布吗?"

"小时候曾经织过。"

正说着话,我发觉她的胸脯在不知不觉间开始起伏,好似卷心菜的花蕾般含苞欲放。而我自然是如往常一样全神贯注地挥动着画笔。然而,她那可怕的美感却令我不由自主有些在意。

那晚,风一夜未息。我忽地醒来,往厕所走去,结果一回神,发现自己只是拉开了门,却始终在自己的房中走来走去。我不觉停住脚步,茫然地看着屋里——尤其是我脚下那浅红色的地毯。光着的脚趾轻抚地毯,竟感到一种近似皮草的触感。"这张地毯的背面是什么颜色呢?"我竟在意起这种事。但是，我对掀起地毯看背面感到莫名的恐惧。去完厕所以后，我就上床睡觉了。

翌日，我做完工作以后，比平日更为心灰意懒，待在屋中反而让我感到坐立难安。于是，我来到了屋后的堤坝上。四周已是一片暮色苍茫。不过，虽然光线不足，树木和电线杆却清晰可见。我沿着堤坝前行，有种想要放声大喊的冲动。而我自然是要压抑这种冲动的。我感觉似乎只有自己的思绪在行进，顺着堤坝，下到了那寒碜的乡村小镇。

这座小镇依旧人烟稀少。不过，路边的一根电线杆上倒是拴着一头朝鲜牛。那头牛伸着脖子，用不可思议的、女性般波光潋滟的明眸注视着我，那神情好似已等候我多时了。我从它的表情中感到一种淡定的挑战之意。"这家伙面对屠夫时想必也是这样的眼神。"我渐渐感到压抑，最终未从那里路过，而是拐进了一条小巷。

过了两三天的一个午后，我依旧对着画架拼命地画着。横卧在浅红色地毯上的模特连眉头也未曾动一下。这半个月以来，我当着模特的面，持续而徒劳地创作着。可是我们并未向对方敞开一丝心扉。或者应该说，她带给我的威压感越发强烈了。她在休息时间也不着衣物，而且对我的话也只是应付了事。但今天也不知怎么了，她背对着我（我突然发现她右肩上有颗黑痣）在地毯上伸展双腿，向我搭话：

"老师,通往这间公寓的路上有些碎石。"

"嗯……"

"那是胞衣冢吧。"

"胞衣冢?"

"嗯,那些石子是埋胞衣的标记。"

"何出此言?"

"上面写着字呢。"

她转过头来,视线越过肩膀,露出近似讥诮的表情。

"所有人都是裹着胞衣出生的吧?"

"那是自然。"

"可是我一想到裹着胞衣出生……"

"?……"

"就觉得真像狗崽啊。"

我又在她面前继续毫无进展地挥动着画笔。毫无进展?但未必就意兴索然。我总是在她身上寻找着某种野性的表达。然而,所谓表达,却是我的能力所无法企及的,而且有种情绪在操控着我去逃避表达。或许,是想避免用颜料和画具来表达。那么该用什么来表达呢——我挥舞着画笔,博物馆里的石棍、石剑频频浮现在脑海。

她回去之后,我在昏暗的灯光下翻开一本高更的大画集,逐张翻看。忽然间一晃神,发现自己正翻来覆去地说着一句古文："所画当如是。"我自己也不知道为何要念叨这句话，但我觉得有些不寒而栗，就让女佣铺了床，自己吃了安眠药睡下了。

我醒来的时候已经快十点了。可能是昨晚比较暖和，我挪到了地毯上。可是，醒来之前的梦让我颇为介怀。梦中的我站在房间正中，想要单手将她扼住（而且我晓得自己在做梦）。她的脸微微仰起，依旧面无表情，慢慢合上了双目。与此同时，她的胸脯圆圆地、漂亮地鼓着。血管若隐若现、温润光泽。我对掐住她的脖颈这件事感到无动于衷。不，或者应当说我感到了一种完成天经地义之事的快感。她终于合了眼，貌似安静地离世了。我醒来之后，洗了脸，又痛饮了两三杯浓茶，但我心里的惆怅却更甚了。在我内心深处，从来没想过要杀她。但在我的意识之外……我一边吸着烟，一边抑制着心中这莫名的狂跳，等着模特的到来。然而，到了一点她也没来我这里。在等待她的这段时间里，我备感煎熬，想着干脆不等她了，出门散步去。但散步本身却令我惧怕。走出房间的拉门——我的神经甚至承受不了这种小事。

暮色渐渐降临。我在房中打着转，苦等着不可能过来的模特。不久，我想起了一件十二三年前的旧事。彼时我还只是一个孩童，在一个像这样的黄昏，点燃了线香烟花。当然不是在东京，而是在我父母所居住的乡下老家的廊前。忽然，听见有人在喊："喂！醒醒！"同时还有人摇着我的肩膀。我自是以为自己正坐在廊前，却猛地发觉自己正蹲在屋后的葱田边，一个劲儿地用火点葱。不仅如此，我的火柴盒也在不知不觉间快空了。我边吸着烟边想："我必须考虑在我的生活中存在的失忆的空白时间。"这种想法与其说令我不安，不如说令我悚然。我昨晚梦见自己单手掐死了她。然而，倘若那不是梦……

翌日，模特依旧没有来。我终于去了那家名为 M 的店，去询问她是否安好。结果连店主也不知道她的情况。我越发感到不安，便问了她的住址。她当初说自己住在谷中三崎町。可是店主却说她应该是住在本乡东片町。当我到达她在本乡东片町的住处时，已经灯火初明。那是一家位于某条小巷中的西洋洗衣店，墙上涂着淡红的油漆。洗衣店的玻璃门关着，里面有两名穿着衬衫的店员，正拿着熨斗忙碌地工作着。我不慌不忙地正要开门，却一头撞在了玻璃门上，这声音把店员和我都吓了一跳。

我怯怯地走了进去，对其中一名店员问道："叫……的女士在吗？"

"……她从前天就没过来过。"

听了这话，我顿觉不安，但追问还需慎重。我的心态十分谨慎，倘若出了事，需避免自己被人怀疑。

"她这人常常一出门就一周都不回来。"

一名脸色不好的店员补充了一句,手里不停地熨烫着。我从他的语气中感受到一种不屑,我一边对自己生着气,一边仓促离去。这还不算过分了。我正走在民宅林立的东片町,突然想起梦中亦有这般景象:涂着油漆的西洋洗衣店、脸色不佳的店员、烧得正旺的熨斗——不,去寻她这件事也与我几个月前(抑或几年前)的一场梦别无二致。不仅如此,我在那场梦中离开洗衣店以后,也是这样一个人落寞地走着。之后……之后的梦境我便不记得了。然而,若是现在发生了什么,可能又会转瞬成为那梦中的情节……

作者简介

芥川龙之介(1892—1927),日本小说家,1892年出生在东京,从小在母亲的老家长大。1916年,芥川在第四次《新思潮》创刊号发表《鼻子》,得到夏目漱石极力赞赏而登上文坛。经典作品有《罗生门》《芋粥》《地狱变》等等。由于种种原因,芥川产生了厌世心理,于1927年自杀,终年36岁。在他去世后,其挚友菊池宽设立了"芥川奖"。

童话之梦

我拣来陨落的星星碎片,轻轻地放到泥土上。星星碎片是圆滑的。或许在长时间从天空坠落过程中,磨掉了棱角才变得光滑吧,我想。抱起它放到泥土上的时候,我的前胸和双手也稍稍暖和了一些

——夏目漱石

梦之卵

丰岛与志雄

一

很久很久以前,印度的边远地区有一个小王国。那个国家的国王有一座坚硬的岩石城堡。城堡坐落在高山脚下,前方是潺潺的清溪,后面是茂密的森林。溪水总是冰冷清澈,淙淙流淌在青苔覆盖的岩石间。森林深处有许多百年古树,据说有妖魔在那里栖息,因此几乎没有人去过森林里。

城堡里有一位英俊的年轻王子。早上,他向伟大的学者们学习各种知识;下午,他在城堡的庭院中奔跑,在城堡前的溪流中游泳,有时还骑着大象在对岸的小镇以及附近的原野上散步;晚上,他听侍奉国王的年长侍女们讲有趣的故事;晚上睡着以后,他会做各式各样的梦,梦里他会见到鸟、兽、虫、花、妖怪,还有各种他闻所未闻、见所未见的奇特事物。

做这种梦是王子最大的乐趣。而且第二天早上他还会给侍女、学者们,甚至国王和王后讲述他梦中的故事。比如,水怪送他银鱼、拥有珍珠眼睛的小鸟、开着漫天鲜红花朵的巨大植物、用奇妙的声音边唱边跳的虫子、发出五色气息的怪物、在空中自由飞翔的仙人……

由于王子总是讲他梦里的故事,因此有时候国王会劝诫他:"别净想着做梦,你得把心思多放在实际的事情上才行。要多向学者们热心学习。学问才是实实在在的东西,深入其中的话,你会发现学问比梦更加奇妙。而梦里的事物只不过是梦幻泡影,醒来后不就都消失无踪了吗?"

可是,对王子来说,梦和学问一样是真实的事情。唯一让人不满的就像国王所说的那样,醒来就都烟消云散了。要是人醒了梦还不散就好了……要是能捕梦就好了……

"对了,不如来捕梦吧!"王子想。

然而,他怎么都想不出捕梦的方法。于是,他向学者们请教,可是学者们百思不得其解。"我们绞尽脑汁也想不到答案。"学者们回答说。

尽管如此,王子并没有气馁。他决心一个人去捕梦。晚上睡觉的时候,他拼命做好思想准备,然后就睡着了。梦中出现了各种各样的事物,他猛地睁眼,同时伸出了双手。可是,这时梦已经消散了。王子遗憾极了。他重新思索了一番要怎样才能捕梦成功,最后把双手放在被子外面,手里握着网和笼子之类的东西睡了。不久,他又做梦了,还没睡醒他就试图把网和笼子罩在梦上,结果梦再次消失了。尝试多次都是如此。

"该怎么办才好呢?"王子昼夜苦苦思索。

一天晚上,王子疲惫不堪、伤心不已,睡得比往常更深,不一会儿就开始做梦了。……远方飞来一片紫云,王子定睛一看,朦胧的紫云已经到了自己面前。其中,浮现了一个须发皆白的老人的身影。老人笑嘻嘻地对王子说:"王子,无论你费多少力气,都捕不到梦的。不过,念在你如此诚心,我就让你看看梦之精灵吧。我是这城堡后方那座森林的王,接下来请你立即来拜访我。森林极深处有一棵大橡树,那就是我。在我怀中有一只梦之精灵。如果你能成功地找到我,我就允许你和梦之精灵一同玩耍一日。"

半梦半醒间,王子一下就跳了起来。老人的身影随云而散。王子愣了一会儿,很快就清晰地记起了老人的话,然后他决定按着老人说的去做。

二

王子整理了行装,穿上长外套,戴上圆帽子,腰佩短剑,为了不被人发现,悄悄地溜出了城堡。外面漆黑一片,但不可思议的是,有一条微微发白的小路通向森林。沿着那条路走去,仿佛连堤坝也能越过一般,王子顺利地越过了高高的城墙。前方的道路通往妖魔栖息的森林，变成了陡峭的斜坡。但王子走在这条微微泛白的小路上，面无惧色，迅速前进着。他仿佛在空中一样，毫不吃力，向着高山之巅、森林深处飞速前进。王子劲头十足，毫不休息，径直向上走去。

然而，在从城堡走到距离山顶一半路程的时候，此前微微泛白的那条小路却突然断了。王子吓了一跳，忙环顾四周，透过不知从何处发出的朦胧亮光望去，看见一棵几百年树龄的大树笔直地挺立着，繁荫如盖，仿佛让人置身于一间巨大圆柱林立的大房间里。而且，这间房广阔无垠、黯然无光，没有任何装饰，脚下没有地毯，取而代之的是恐怖的青藤、荆棘，以及层层堆积的枯枝朽叶。王子吓得动都不敢动。

不久，一直寂静无声的森林开始发出了呜呜低吼声。那低吼声中夹杂着低沉的嗓音，从四面八方呼唤着王子：

"来者何人？"

"来此作甚？"

"何方人士？"

"去往何方？"

"何人到访？"

王子在微光中环视四周，但只能听见声音，什么都看不到，只有大树像怪物一样林立。整座森林都在呜呜地响个不停。

王子强忍着因恐惧而产生的颤抖，紧紧握着剑柄，拼命喊道:"我是山下城堡里的王子,来见森林里的橡树。它在哪里?回答我!"

这时,"哦——"的一声咆哮高高盖过森林的吼声,传到了王子耳边。王子拨开藤蔓和荆棘,向着声音传来的方向拼命前进。

走了一小会儿,从遥远的前方传来了淡淡的红光。王子突然充满了力量,向着光的方向飞奔而去。接着,突然"啊"地大喊一声,呆立不动了。

也难怪他会有这样的反应。在他面前出现了一棵几千年树龄的大树,看不出品种,高大的树干有城楼那么高,卓然矗立着。在树的上方,有一个洞穴似的洞口,洞口处站着一只金色的大鸟,正面朝这边。王子被大鸟全身发出的金色光芒照耀得眼花缭乱。他缓过神来以后,就一直盯着那边看。也不知怎么,他就知道那棵大树是森林之王橡树,那只金色的鸟就是梦之精灵。而森林的吼声也不知在什么时候止息了。

那只鸟用玛瑙般的红眼珠紧盯着王子,不久,它蓦地展开巨大的双翅,飞到了王子面前,然后屈腿垂头,示意王子骑到自己的背上。王子犹豫了一下,但是一看见大鸟那玛瑙色的温顺的眼睛,就产生了一种绝对的信任感。于是,他跳上鸟背,紧紧地抱住它柔软的脖子。

王子一骑上来,鸟儿就扇动着巨大的金色翅膀飞了起来。

奇妙的是，虽然它挥动着如此巨大的双翼，却没发出一点声音。它瞬间飞到了森林上空，在空中高高翱翔，以每小时几百里的速度，不知向什么地方飞去了。

三

王子拼命搂住鸟的脖子，过了许久，鸟突然不飞了，于是王子小心翼翼地睁开眼睛想要看看情况。他看见高耸入云的山顶，远方五色祥云缭绕，圆圆的太阳从其中喷薄而出。天空和缤纷的云彩就像撒满了银粉一样，初升的太阳熠熠发光。这景色太美了，王子看得出了神。

过了一会儿，鸟儿拍了一下翅膀，王子再次紧紧地搂住它的脖子。鸟儿依然以每小时几百里的速度飞去，这次它悄无声息地落在了广阔牧场中的一棵树上。在一望无际的广阔牧场上，开满了各种各样的花，雪白的羊群游弋着，掸落了草叶上的露珠。

不一会儿，鸟儿又扑了一下翅膀，等待王子抱住它的脖子，还是以每小时几百里的速度飞向另一个地方。

就这样，金色的大鸟带着王子去了许多神奇的地方：他们去了水精灵们嬉戏的河渊，拜访了苍蝇大小的小鸟王国，进入了魔法师居住的洞穴，跨越了彩虹之桥，甚至还去了月亮之上、银河之中。这一桩桩、一件件奇闻逸事说也说不完，包括了世界上所有神奇的地方，只能请您自行想象。然而，恐怕各位的想象还不及王子从白天到夜晚所见的千分之一、万分之一呢。

银河边，无数星星汇聚成河滩的沙子，河里缓缓流淌着湛蓝清澈的河水。王子看了银河以后，又骑上了金色的鸟背，鸟儿从天上飞回了地面。随着距离地面越来越近，月沉西山，下方的景色依稀可见。这次又要去哪里呢？王子瞪大眼睛张望着。漆黑的山、山腰茂密的森林、森林边缘的城堡、城堡前面广阔的原野、原野中心的城镇……王子总觉得有点眼熟。仔细一瞧，岂止是眼熟，那就是他自己的国家，那座位于森林边缘的城堡就是他自己的城堡。王子出城以后，就把他的父母——国王和王后，以及国家的事情忘得一干二净，现在看到自己的城堡，突然很怀念，不由得叫出声来。

"啊，我的城堡！"

就在这时，他大意了一瞬，松开了紧紧抱着鸟脖子的手，眨眼间就从鸟背上滑了下来，倒栽着跌向了城堡，中途就昏了过去……

四

……王子好像听见有声音从远处在呼唤自己，他模模糊糊地睁开了眼。不可思议的是，他竟然正躺在自己城堡中的睡床上。房间里，国王、王后、侍女和两三名随从将床铺团团围住。王子吃了一惊，爬了起来。王后见状，含泪抱住了他。

"唉，你醒了？你昨晚到底去哪里了？我们多么担心你啊！你可算回来了。可是，你怎么回来什么都不说就睡了呢！怎么了呀？唉，你没怎么样吧？"

王子完全没听明白母后的话。于是他仔细问了一下，发现事实是这样的：昨晚，本应睡在床上的他突然不见了。唯一的王子不见了，城堡里一片混乱。城堡的角落自不用说，就连附近的原野和街道，也被仆人们分头仔细搜寻过，但到处都没有王子的踪迹。天亮了，从白天到黑夜，大家都在找寻王子，却没有任何线索。国王和王后哭得死去活来。然而，到了晚上，夜深以后，有一名侍女无意间走进了被数次搜索过的王子的房中，却发现王子躺在床上睡得正香呢。侍女叫来了国王、王后、其他侍女和两三名随从，大家来到王子的房间，唤醒了他。

"那么，那果然是真的！"王子叫道。

其实，王子也不确定自己骑着金色的鸟四处飞行是梦还是现实。不过，听了大家的话以后，他知道自己从昨天半夜就不在城堡中，便不再怀疑了。

"是真的！"王子反复喊着，然后把昨晚以来他所经历的事情告诉了大家。

大家惊讶极了！可是，谁都无法接受王子说的事情的真实性。沉默片刻之后，国王说道："世上不可能存在这样的事情。这一定是居住在森林深处的魔法师搞的鬼。我作为这个国家的国王，必须要消灭那个魔法师。我决不允许他这样愚弄王子。天亮后，马上出发，消灭魔法师。"

反对国王的只有寥寥三人，其中一人就是王后："如果如此鲁莽行事，招来灾祸也未可知。"

"怎么，难道我还能输给区区魔法师不成？"国王一句话驳回了王后的话。

第二位反对者是从多年前就生活在这个国家的年长随从。

"那片森林里有恶魔纯属谣言，其实森林里居住着的是守护着这座城堡的神明。历代国王都曾下令不得进入森林。打破这个规矩恐怕不妥。"

"什么？"国王说道。

"无论是妖魔还是神明，愚弄王子的行为绝不可饶恕。"

第三位反对者是王子本人。

"我并没有被骗，我遇到了真正的梦之精灵。"

"那么，就抓住这个梦之精灵吧。"国王说。

喜迎王子归来的强壮的仆人们都赞成国王的计划，大家准备立即消灭魔法师。谁都无法改变他们的决定。

王子从来没如此悲伤过，不久，他重新考虑了一番。借助国王或强壮的随从的力量,或许能把那个梦之精灵活捉!这样一想,他忽然有了精神。

"那么,让我带你们去那只金色的鸟那里吧。不过你们不要伤害它,请活捉它。"王子请求道。

国王很高兴,照王子说的做了。

"那么,谁都不要带武器了,就只带着智慧之镜吧。"国王说。

所谓智慧之镜,是这个国家自古流传下来的宝物。用它一照,任何怪物都会现形,任何事都可以让人得偿所愿,是世上独一无二的宝物。

五

天亮以后,国王和王子带着二十多名强壮的随从,每个人都骑着大象,还有一只大象驮着一只大鸟笼,一行人进入城堡后的森林里。

王子作为向导往前走了一段路,但完全找不到昨夜泛着白光的小路在什么方位。毕竟是荒无人迹的山林,枝叶繁密,就连白天林中也是一片黑暗。枯枝朽叶堆积如山,荆棘和藤蔓交错,大象怎么都上不去。而且,来到丛林深处以后,整个森林都发出了可怕的吼声。不过,王子一行人有宝镜护身。无论是踏进荆棘藤蔓、迷失方向还是森林的呼啸,他们都用宝镜一一化解，渐渐登到了山腰处。

不久，他们来到了林中一片开阔的平地，看到一棵巨大的树木，树上有一个洞穴似的地方，停着一只大鸟。大家被那耀眼的金色光芒吓了一跳。这鸟或许是昨天太过疲劳，此时垂着头睡着了。

国王冷静下来以后便向随从们发出信号："就是它！"说着他举起镜子照向了鸟儿。就在那一瞬，鸟儿抬起头看到了他们，于是想要逃跑，也许是因为被镜子照得翅膀不听使唤的缘故，它"啪嗒"一下掉落在地上。随后，它想用脚逃跑，却被强壮的随从们捉住，放进了大象背上的笼子里，笼子上还盖上了袋子。

大家都被镜子的魔力震撼了，接着都高兴得跳了起来。国王想捉住魔法师，王子则想捕捉梦之精灵，于是大家兴高采烈地启程返回城堡。

回到城堡以后，城堡里的人们自不用说，连镇子里的人都闻讯而来，大家翘首以盼，等着看传闻中抓到的魔法师。国王命人把鸟笼放在城堡宽敞的庭院中，然后取下盖在上面的口袋。周围的人一齐向笼中看去。

您猜怎么着？笼子里既没有魔法师，也没有金色的鸟，只有一枚巨大的金蛋。大家目瞪口呆。国王赶紧把镜子拿出来照了照，但仍然是一枚巨大的金蛋，颜色、光泽和形状没有任何变化。倘若用智慧之镜都无济于事的话,人类就更无能为力了,只能看出是一枚金蛋,其余的就一无所知了。于是学者们都闭口不言了。

国王觉得有点奇怪,他想,或许那只金色的鸟不是魔法师,而是王子说的梦之精灵吧。而王子从一开始就认为抓到的是梦之精灵,所以当他看到它变成了蛋就感到非常难过。于是他从国王那里把蛋要了过来,摆在自己房间的橱柜里。

六

那天晚上,王子做了个梦,又梦见了那位白发老人驾着紫色祥云而来。老人对王子如此说:

"王子啊,你真是蛮横无理,我只饶恕你这一次。你不要再到森林里来了。梦之精灵不是人力可以捕捉的,而今它已经回到我这里来了。不过,它好像是看在智慧之镜的分上送了你一枚蛋。请妥善保管那枚蛋。当月光照射到城堡前面的溪流中、水自然平静的时候,用水面照一照那枚蛋,你便能看清梦的样子。待到时机成熟,蛋里就会孵出金色的鸟。你要坚信我所说的话,不要再来森林里了。"

说完,老人就消失不见了。

王子做了这个神奇的梦以后就醒来了,他起床的时候,东方的天空已经出现了淡红的朝霞。王子跑去国王和王后那里，他们都已经起身了。

"我们正要去叫你起床呢。"王后说。

王子立即讲述了自己做的梦。国王和王后也做了同样的梦，三个人都感到不可思议。国王也已经得知那只金色的鸟就是梦之精灵，于是他重新下令禁止任何人进入城堡后的森林。

后来，王子数次在月光照耀的晚上前往城堡前的小溪，放眼望去，溪水在岩石间叮咚作响，看起来根本无法自然平静下来。即使王子拿着那枚金蛋对着水面照了又照，湍急的溪流也映照不出任何影响。最后王子只好放弃了，派人看守着溪流。可是过了很久很久，溪水都没有自然而然地平静下来。

王子决定等着蛋孵化。他请国王做了银质的笼子，在里面放了沉香碎屑制成的巢，将金蛋安置其中。他每天早晚都去看一看笼子，可是金蛋一点变化都没有。

不久，国王去世了，王子继位。后来，王子也年老而逝，之后的数千年又经历了多代君王更替，但城堡前的溪水依然没有静止，金蛋也没有孵化。后来也没人知道该怎么孵蛋了。到如今，那枚蛋依然被称作"梦之卵"，置于银鸟笼的沉香鸟巢中。

究竟到何时，梦之卵才会孵出金色的鸟呢？

作者简介

丰岛与志雄(1890—1955),小说家、翻译家、儿童文学家。出生于日本福冈县,毕业于东京帝国大学(现东京大学)法文系,在校期间,在《新思潮》创刊号发表了《湖水与他们》,得到广泛好评。之后他在教授法国文学的同时,发表了多篇小说、童话,代表作的《荒野风雨》《棣棠花》,翻译著作有《悲惨世界》。

农夫之梦

小川未明

从前有一名农夫,他有一头老牛。多年来,那头老牛一直为农夫勤勤恳恳地工作。其实,老牛现在也在工作,但就像人一样,上了年纪以后难免有些力不从心。然而,农夫对任劳任怨的老牛并无任何怜悯之心,而且他也从来没打算好好照顾这头一直以来为他辛勤劳作的老牛。

"赶快找地方把这没用的家伙处理掉,换一头年轻力壮的牛吧。"他想。

秋收之后,到明年春天之前,地面都将因霜雪而冻得坚硬,所以必须让牛在栏中休息。可是农夫却不想让这头老牛在家休息到春天。"留着这没用的家伙也只是浪费粮食而已。"他让这头虽不能讲话,但极通人性的温顺的牛吃了不少苦头。

在一个寒冷的日子,农夫听说四里地以外的小镇上开了牛马市,便兴冲冲地从圈里牵出老牛,想去镇上换一头年轻的牛回来。

农夫对这头与自己一同劳作多年的老牛没有半分不舍。

倒是这头牛，对自己要离开这个家感到颇为悲伤，连脚步都显得格外沉重。

午后，农夫到了镇上，立即把牛带到那个市集。在那里，有许多他想要的年轻马匹和强壮的耕牛。人们从各地蜂拥而来，有的人买到了高头大马，开开心心地牵着走了。农夫见了，羡慕地望了望那名男子的背影。他还没想好到底选匹马还是选头牛，最后他想，只要能用这头老牛再少加点钱交换的话，牛马都可以。他转来转去，见到自己相中的马匹或耕牛就去询价，然后歪着头说："真贵啊，我可买不起。"有的牛马贩子叼着黄铜烟袋"吧嗒吧嗒"地抽着，鄙夷道："我说你这牛也太老了。哪怕你花再多钱也不会有人愿意和你换它的。"

"都怪你这样子，连我都被瞧不起。"农夫愤愤地说道。

他又牵着牛换了个地方，指着一头年轻的牛询问自己的老牛加上多少钱才能换这头壮牛。

这名牛马贩子比刚才那位更冷淡："你瞧瞧，这里这么多头牛，哪有像你这头这么老的？"说完，便不理睬他了。

无奈之下，农夫牵着这头老牛茫然地走着。最后他想，牛也好，马也罢，只要能把这头老牛换出去就行。这里没有一头牛、一匹马比自己的牛差，自己的这头牛可真是不中用啊。

夜幕降临，不知何时，熙熙攘攘的市集变得人影寥落。有些人是因为牛和马太贵，自己带的钱不够才空手而归。但多数人都买到了理想的牛和马。

只有这名农夫还在闲逛。最后，他又向一个牛马贩子攀谈道："我相中这匹骏马了，你看我用这头牛加上多少钱能换这匹马？"

这个牛马贩子比农夫还要年长许多，看起来很慈祥。他仔细地打量着农夫身后的牛，说道："现在换的话，双方都会吃亏。要是你给我很多钱，也不是换不了。不过，这个冬天还是让它好好地吃饱草料，休息休息吧。这样的话，明年还能继续工作。最重要的是，它为你工作至今，在这个冬天交到陌生人手上着实有点可怜啊。"

无奈之下，农夫不得不把牛牵回家去。

"真是太荒唐了！"他口中愤愤不平地嘟囔着，牵着牛走了。

这天从早上就很寒冷，傍晚更是纷纷扬扬地下起了雪。

农夫担心天黑路远，要是下了雪就走不了了，心情很烦躁。

"快走！你这个废物！"他用绳子重重地打在牛屁股上。纵使牛儿已经很拼命地在走了，却走不那么快。雪越下越大，太阳完全落山了，也渐渐看不清路了。

"早知道你这么没用的话，就不在这种天气出门了。"心情焦躁的农夫训斥着无辜的牛，还用绳子抽打它。

从镇上回村的路走过多次，按理说很熟悉才对，可不知为什么，一下起雪来周围的景色就全变了。哪里是田地，哪里是菜园，全都搞不清楚了。天色暗了以后，一步都走不了了。

这样一来，农夫也没精力训斥牛了。因为无论如何打骂这头牛也是无济于事。"唉，难办了。"农夫呆呆地握着绳子，伫立在路上。这个时候，没有任何人从这条路经过。

天气恶劣的时候，回家的人都急匆匆的，早都回去了。另外，由于从早上就有变天的迹象，有顾虑的人延迟了出行时间，因此在日落的原野上，一个人影也没有。

农夫又饿又冷，天色渐晚，就算瞪圆了眼睛，也什么都看不清楚。他不知如何是好——如果迷了路，就只能掉进河里，或者和牛一起冻死了。

他有点想哭，想着："真是的，今天要是没来就好了。要是早点下决心把这头牛养到明年春天就好了。那位年长的牛马贩子说得真是太对了。冒着这样的严寒，把牛交给别人的话，它也太可怜了。"

农夫转过身瞧了瞧身后默默跟随的黑牛，看到它背上落着冰冷洁白的雪花，觉得它挺可怜。

"就把你养到明年春天吧。不过，如果咱们今晚冻死在这田野上的话，就完蛋了。我已经……已经一步也走不动了。你认得路吗？之前我们走过几次这条路，如果你认路的话，就请把我驮回家吧。"农夫向牛拜托道。

他除了向牛寻求帮助，已经别无他法了。

老牛驮起农夫，在黑暗中冒着雪缓缓前行。夜深时分，牛在家门口停了下来。农夫回到了明亮温暖的家里，第一次切切实实地感到自己活着。

　　那晚，农夫给牛喂了比平时多许多的草料，自己喝了点酒就上床睡觉了。

　　可是，天亮以后，农夫就忘了昨夜所受的苦楚。今后可能也会出现那种迷路的情形，不牵绳子骑在牛或者马的背上让它们自己寻路是最好的办法了。

　　这时，他已然忘记了自己对这头牛的承诺，而且他已经迫不及待地想要一头年轻的牛了。

　　这时，他听说同村的另一名农夫把牛卖了个好价钱。由于不断有牛被送到镇上，他便向从镇子回来的人打听牛儿卖上好价钱的事情。农夫迅速赶到卖了牛的那户人家，问道："你家的牛卖了多少钱？"对方回答："好像体格越大的牛越值钱，你家的虽然是老牛，但体格蛮大，应该能卖个好价钱。"

　　他根本没有考虑过自家的牛被卖掉以后会有怎样的遭遇。他在乎的是，只要能卖上价就赶紧把牛卖了，换成钱比较好。这样一来，等明年开春就可以买一头更年轻、更强壮的牛，自己就会生活得更幸福。

　　农夫决定尽快把牛牵到镇上卖掉，于是他又牵着牛踏上了那条泥泞的道路，往镇子的方向走去。恐怕他没想到，这次这头牛又一次回到了家。

农夫一边走一边想:"那家的牛都卖了那么多钱,我家的牛比那头牛大那么多,肯定能卖更多的钱。"

这时,老牛对此仿佛一无所知,只是跟在农夫身后默默走着。

到了镇上,农夫把自家的牛卖给了牛马贩子。还真如他所愿,卖了个好价钱。农夫拿到钱以后,把那头辛勤耕作多年、如今神情落寞的老牛抛在脑后,看都没看一眼,迅速离开了。

"赚大发了!"他雀跃道。

农夫已经忘记,这是与那头牛的最终诀别,他只想着要给孩子们买些什么礼物。他走进杂货铺,买了喇叭、笛子、玩具马和太鼓,打算送给两个孩子每人两样。

这也是一个严寒的日子。农夫路过一家时常光顾的酒馆,正好身上有钱,便想去喝一杯。

他钻过酒馆的门帘,坐在了长椅上,而后开始和酒馆相逢的人们把酒言欢,最后醉得连舌头都不听使唤了。

门外寒风凛冽,不知不觉间,天已经黑了。

"今天回去没牵着牛,所以挺省事儿。只有我一个人,没必要磨磨蹭蹭的,尽管快跑就是了。也就三四里的路程,小跑回去吧。"他一高兴就忘了必须得早点回家,还喝了酒。

路灯亮起,把他吓了一跳。不过,终归是喝了酒,他还是比较镇定,毫不慌张。

他终于离开了那家酒馆，蹒跚着走出了小镇，向着冷清的乡间道路走去。

卖了牛以后，农夫觉得一身轻松。不过，倘若他此前走偏了，那头牛就会奇迹般地站住不动。而现在，就算他迷了路，也没有谁能提醒他了。

农夫摇摇晃晃地走啊，走啊，就走错了路。不久，他被一棵大树的根绊倒了。

"哎，怎么了？"农夫满不在乎地抬头一看，一棵高大的黑色树木伫立在晴朗的星空之下。即使他已经醉醺醺的，仍然惦记着不能把揣在怀里的钱包和腰里给孩子们的礼物弄丢了。他一想反正也丢不了，就放心地坐在了树根上。

他的心情好极了。

拂过脸颊的风并不寒冷。环顾四周才发觉，不经意间竟已到了暮春。田野上还有迟迟未谢的花，整个世界都被绿色所笼罩。青蛙的叫声从田间如梦如幻地传来，田地已经耕作完毕，麦子正茁壮地生长着。

他一边惦记着最近到手的壮牛，一边倚靠着堤坝仰望天空，一轮巨大的月亮从田野尽头处升起。天空澄澈，圆月把周围照得如同白昼。

"那样年轻力壮的牛，全村也没有几头。大家伙儿看到我的牛肯定都羡慕极了……"他高兴地自言自语道。

不一会儿，从远方传来了鼓声和笛声，周围竟莫名地热闹了起来。

"奇了怪了，天都黑了，这是发生了什么事呢？"他盯着那个方向瞧。

村里的人都出来了，吹吹打打好不热闹。其中，一个黑黢黢的东西像是从森林中逃也似的向这边靠近。农夫定睛一看，那正是自己家的牛。那牛不知何时从圈里出来，进了森林。牛背上坐着两个孩子，一人打鼓，一人吹笛。

"孩子们什么时候变得这么厉害了？"他心生赞叹，侧耳倾听。

他想："孩子们一定是在寻找我吧。他们很快就会找到我，然后就会过来，敲鼓吹笛表演给我看。在那之前，我不如默默装睡好了……"

月色清朗，两个孩子敲鼓吹笛的姿态清晰可见。

终于，那头牛走到了农夫跟前。农夫以为孩子们见了自己就会从牛背上跳下来。没想到牛驮着孩子们从他面前飞速掠过，直接向远方去了。

远处有一个池塘。池塘里涨满了水，天空中的月光明亮地照耀着。那头年轻的牛慢慢地向那边走去。

他慌忙起身。孩子们为什么往池塘那边去呢？我明明在这里呀！

"喂,喂!"

他想叫住那头牛。可是,两个孩子只顾着吹笛子敲鼓,完全没听见他的喊声。

那头农夫最近刚买到手的年轻黑牛,毫不畏水,径直向池塘中走去。

这时,农夫后悔了。如果是从前那头老牛,绝不会这样乱走的。那样的话,自己也就不必如此担心了。那头老牛曾经在一个黑暗的雪夜救过他——如果是它的话,就可以放心地让孩子们骑乘了,他生气地想。

他不能再干看着了,于是追了上去。可是那头牛已经驮着孩子们渐渐走入了池塘中。

"这是要干吗?"

农夫大吃一惊,赶紧把衣服脱掉。当他走到池塘边上的时候,已经连牛的影子都看不见了。

他感到口干舌燥,没办法,只好把草扒开,用手捧着池塘里的水喝了好几口。

与此同时,鼓声和笛声从遥远的池塘对面传来,穿过月下白色的雾霭传入农夫的耳中。

那头牛是怎么不发出一点水声就游过这个池塘的呢?农夫想到孩子们至少还都安全,稍微放了心。

他又蹲在了那里。宜人的春风拂面而来,月光也越发明亮。

天终于亮了,农夫惊讶地发现自己半边身体都掉进了小河里,自己正倒在一个算不上是路的地方。

腰带开了,钱包不翼而飞,买给孩子们的礼物——笛子和太鼓也被埋在地里。

不远处有一棵高大挺拔的松树,头顶一方冬日的天空,空中有云朵飞速流过,松树则一动不动地俯视着大地。而农夫的家,离这里还很远。

作者简介

小川未明(1882—1961),日本小说家、儿童文学家。本名小川健作,被誉为"日本安徒生""日本儿童文学之父",他的女儿冈上铃江也是儿童文学作家。小川未明出生在新潟,毕业于早稻田大学英文系,师从坪内逍遥,也受到岛村抱月和小泉八云等人的影响。

小川在校期间发表了处女作《流浪儿》,坪内逍遥赠予他"未明"的笔名。小川在毕业前夕发表了《雪珠》,树立了其小说家的地位。1925年,小川未明在早稻田大学成立了"童话会",1926年以后致力于童话创作。1951年获日本艺术院奖,1952年被选为艺术院会员,并担任儿童文学家协会会长。其代表作有《红蜡烛和人鱼姑娘》《月夜与眼镜》《野蔷薇》等等。

夏日之梦

小泉八云

一

在我看来,旅馆似乎是个乐园,那些侍女则是仙姬。我刚刚从开放的港口之一逃到这里,在之前那个城市里,我曾想在一家提供"现代设备"的欧式旅馆中寻求舒适。但此刻我才发现,再穿上浴衣,悠闲自在地坐在一床凉爽柔软的草席上,旁边有声音甜润的侍女们侍候,周围的一切都是美丽和谐,宛若从十九世纪的一切不幸中赎身出来。竹笋和藕是给我送来的早餐,从天而降的扇子是给我的纪念品。扇子上有一幅画着涌向海岸的白色巨浪和欢快地翱翔在天空中的海鸟的图画。但是只要看着它,旅途上遇到的所有麻烦、困难也是值得了。它仿佛是灿烂的光辉、运动着的雷鸣声和狂欢的海风的集合。当看到这扇面时,我就想呼喊出胸中的澎湃。

站在阳台的杉木柱子间,我能看见漂亮的灰色城市,它的方位随着海岸线铺开——懒洋洋的黄色帆船停泊在港口——港湾的出口夹在巨大的绿色悬崖绝壁之间,再远处直到天边就是夏天的强光闪耀。天边有青山的影子,淡淡的,仿佛是往日的回忆。这一切,除了灰色城市、黄色帆船、绿色悬崖,全都是蓝莹莹的。

接着,一个如风铃叮咚的轻柔声音送来几句客气话,打断了我的冥想。我看到这座"仙宫"的女主人为我赠予的小费特意来感谢我,我俯身还礼。她看起来非常年轻,让人赏心悦目。犹如国贞画中的娥女或蝶娘。我却想到了死,因为有时候美也预示着悲。

她问我打算去哪里,她帮我叫一辆人力车。我回答:"去熊本。我冒昧问一下您贵姓?以便铭记。"

"这间旅社不足挂齿,侍女们也招呼不周。小店名曰浦岛,人称浦岛屋。我这就替您叫车去。"她说。

她的身影伴随着她悦耳的声音消失了,但我依然感觉那魅力在我周围,就像一张有灵性的网在颤动。大概是因为这旅馆的名字和那个魔法般的故事同名吧。

二

只要你听过这个故事,你就永远不会忘记它。每个夏天,我在海边游玩时——尤其是在那些天朗气清、惠风和畅的日子里——它总是在我脑中挥之不去。这个传说有很多不同的版本，成为很多艺术作品的灵感来源。但是让人印象最深的、历史最悠久的还是收录在《万叶集》——一部在五世纪到九世纪问世的诗歌总集——中的那个版本。伟大的学者阿斯顿曾把它翻译成散文。钱伯纶教授则把它翻译成诗歌和散文。对于英国的读者来说，最有魅力的版本是钱伯纶教授为孩子们编选的《日本童话丛书》中的版本。这本书中的精美彩色插画是由日本本国的画家绘制的。这本小书就在我面前，我试着把这个传说用我自己的语言复述一遍。

在1416年前，一位住在海边的渔家少年浦岛太郎坐着自己的小船出海打鱼。那时候的夏天和现在一样，海面上是一片让人昏昏欲睡的蓝色，如明镜一般映着天空中飘浮着的几片纯白云彩。远处的青山与这碧海蓝天相交一体，勾勒出淡淡的轮廓。风也是懒洋洋的。

少年也是昏昏欲睡，他一边摆好鱼竿，一边让小船随波逐流。那是一艘奇怪的小船，既没有上漆也没有船舵，大概是你从没有见过的样子。但是1400年后的今天，在日本海海岸的古老渔村里，依旧可以见到这样的船。

在长时间的等待后，终于有东西上钩了。浦岛拉起鱼竿一看，原来是一只乌龟。

乌龟是海龙神的使者，它的寿命可达千年——也有人说是万年。所以不能伤害它，浦岛轻轻地解开鱼线，向神祈祷，放它自由。

之后，他再也没有钓上来什么。天气非常暖和，大海、天空和周围的一切都非常平静。浦岛全身放松，在浮浮沉沉的小船中睡着了。

在梦里，海中浮现出一个美丽的女子——正如钱伯纶教授书中的插图所描绘的那样。她穿着深红色和青色相间的衣服，梳着直到脚面的黑色长发，就是1400年前公主的发式。她从水面滑行而来，停在小船内睡着的少年上方，轻轻地碰了碰他，然后说："请不要惊讶，是我的父亲海龙王派我来的。因为你今日好心放生了一只乌龟，所以我的父亲邀请你去常夏之岛的王宫去。如果你愿意，我将成为你的新娘，我们将会在那里永远幸福地生活在一起。"

浦岛不可思议地看着她，她比他所见过的世上任何一个女人都要美丽，他对她一见钟情了。于是，她拿起一支船桨，他拿起另一支。就像你们所想象的那样，他们同划，小船悠悠地离开西海岸，划入金黄色的暮霭中。

他们轻快地在平静而蔚蓝的海面上划着船，一直向南，向着终年为夏的常夏之岛，向着海龙王的宫殿划去。

当读者读到这里时，可以看到书页上的插画。模糊的蓝色细浪充斥了大半页,穿过海波,在缥缈的天边可以看到长长的、柔和的海岸线。在常青的叶子中,影影绰绰地看到龙宫的顶部——就像1400年前雄略天皇的皇宫。

身着奇怪礼服的侍者——这些都是海中的生灵——出来接待他们,他们把浦岛看成是海龙王的女婿,对他表示欢迎。

海龙王的女儿就这样成了浦岛的新娘。结婚的仪式异常豪华,龙宫里举行了盛大的庆祝活动,一片欢腾。

浦岛每天都能在龙宫里发现新奇的珍宝和欢乐,海龙王的侍从会给他带来海中最深处的奇珍异宝。他得到的是在这个永远是夏天的迷人的岛上才能得到的快乐。浦岛就这样度过了三年。

尽管有这些欢乐,当这个打鱼的少年想到在家的父母孤单地等待着他时,总觉得心情沉重。因此最后他恳求他的新娘让他回家去,只需要很短的一会儿,就跟他的父母说一句话,说完他一定会回来。

一听这些话,她默默地哭了好久,然后对他说:"如果你想走,当然可以回去。但是我怕你会一走了之,我怕我们再不能相见了。这样吧,我给你一只小盒,请你随身带着。如果你愿照我的嘱咐去做,你就可以再回到我身边。别打开它,最最要紧的就是不管发生什么事情,都不要打开它。一旦打开它,你就回不来了,再也看不见我了。

于是她给他一个系着丝带的漆绘小盒。(作者注:这只盒子今天还能在神奈川的靠近海岸的庙中看到,庙里的僧侣还保存着浦岛太郎的钓丝,以及他在龙王的领海带回来的一些奇异的宝物。)

但浦岛安慰他的新娘,发誓说无论如何都不会打开盒子,甚至连丝带也绝不解开。然后他穿过夏天的日光来到一直平静的海上,接着那常夏之岛的形影像梦一样在他身后隐没了,他又看到眼前日本的青山,在北方地平线上白色的光晕里显得轮廓分明。

最后他回到故乡的港湾,又站在了熟悉的海滩上。他站在那里来回张望,心里涌出莫大的困惑。不过当他一边在那里张望时,一边心里却冒出一种莫大的困惑。这里好像不是记忆中的样子。

这地方既跟之前一样,同时又不一样。他父亲的小屋不见了,却有了一个村庄。所有的房屋的形状都是陌生的,树木也是陌生的,田地,甚至人的面孔也是陌生的,可以记起来的标志几乎全没有了。神社是在一个新的地点重建的,附近山坡上的树林无影无踪。只有那经过村落的小溪的声音和山峦的形状依然如故,其他一切都是陌生和新鲜的。他寻觅着父母的旧居,渔民们都奇怪地盯着他。他记得以前没有看到过这些面孔，一个也没有。

随后来了一位年纪非常大的老人，浦岛问他往浦岛家的路怎么走。老人显得颇为惊讶，要他把问题重复好几遍，然后才大声说：

"浦岛太郎！你从哪儿来的，竟不知道那段故事吗？浦岛太郎！唉，他淹死已有四百多年了，墓地里有一块碑纪念他，他家里人的墓都在那块墓地里，那块旧的墓地如今已荒废了。浦岛太郎！你怎么那么笨，还问他的家在哪儿呢？"老人蹒跚着继续往前走，嘴里还在嘲笑这个问询者的无知。

浦岛向村里的墓园走去，他在这个不再使用的老坟地里找到了他的墓碑，他的父亲、他的母亲以及他的亲属的墓碑，还有许多他认识的人的墓碑。这些墓碑看起来很古老，上面长满了青苔，连字迹都难以辨认。

于是他明白自己成了某种奇怪的幻觉的牺牲品，他寻路往海滩走，手里还拿着龙女送给他的礼物——那只盒子。但这个幻觉是什么呢？那盒子里可能会有什么呢？要不，盒子里的什么东西说不定是他的幻觉的根源吧？怀疑超越了信念，他违背了对爱人的诺言，解开了丝带，打开了盒子。

顿时，从盒子里腾起一股冰冷的幽灵般的白烟，像一朵夏天的云升往空中，然后开始在平静的海面上迅速向南方飘逝。盒子里没有其他的东西了。

刹那间，浦岛知道他毁掉了自己的幸福，他再也不能回到他的爱人海龙王的女儿身边去了。他绝望地号啕痛哭。

可是这不过是一瞬。再一瞬，他自己也变了。一阵刺骨的冰凉遍布他全身的血液，他的牙齿掉了，面容皱缩了，头发变得雪白，四肢萎弱，力气衰退。他一头栽倒在沙滩上死了，四百年岁月的重量把他压垮了。

如今在《日本书纪》中这样写道："雄略天皇在位之第二十一年，有丹后省与谢郡水江之少年浦岛者，岛根神之后裔也，驾渔舟一艘驶往蓬莱。"之后，于三十一位皇帝与皇后临御期间，也就是从五世纪到九世纪，浦岛的下落不明。然后史册宣称"后淳和天皇御宇之天长二年，少年浦岛曾还家，随即离去，遂不知其何往"。

三

仙女般的女主人回来告诉我一切都已准备好，她打算用她纤弱的手为我提旅行包。因为包很重，我拦住了她。于是她笑了，但不忍让我自己提，就叫来一个衣服后面有汉字的人帮忙。我向她鞠躬致谢。她对我说尽管侍女招待不周，请别忘记她的旅舍。随后又补充道："你只要付给车夫七十五钱就行。"

我坐进人力车中。几分钟后，灰色的小城已消失在一条弧线之后。我乘车沿着一条俯瞰海岸的白色大道行进，右方是淡褐色的悬崖，左方则是茫茫大海。

我沿着海岸悠然地走着，眺望着那无际的天光的深处。一切都沉浸在一种奇妙的蓝色中，仿佛在走向一个巨大贝壳的深处——令人惊异的绀碧色。发光的碧海犹如在电焊明亮的火花下与空廓的青天融成一片；庞大的蓝色的幽灵——肥后山脉形成一个角度，透过直射的强光冒出来，像一块块紫石英。多么通透的蓝色啊！这弥漫天地的碧蓝只被几片高高的夏天耀眼的白云所打破，它们一动不动地缭绕在不远处的一个幽灵般的山顶上。远方蠕动着的小小的船帆似乎在它们后面拖着长长的纹路。那是在一片模糊不清的光辉中唯一分明的线条。多么圣洁的云啊，是往完美的涅槃境界去而在中途休息的云的洁白纯净的精灵吗？或者也许是一千年前浦岛的盒子里放出来的白色烟雾吧！

我的灵魂犹如一个小虫跑出来飞进那海天之间蓝色的梦境里，穿过一千四百个夏天幽灵的辉光，嗡嗡地飞鸣着，飞回住吉的海岸。朦朦胧胧间我感觉到身体下船的龙骨的流动，那是雄略天皇的时代。

耳际响起海龙王的女儿银铃般的声音："现在我们要到我父亲的王宫去，那儿永远是碧蓝碧蓝的。"

"为什么总是碧蓝的呢？"我问。

"因为,"她说,"我把所有的云都放在盒子里了。"

"可我一定要回家。"我坚决地说。

"那么,"她说,"你只要付给人力车七十五钱。"

这时我醒来感到明治二十六年大暑期的酷热。我看到了作为时代证据的电线在路旁的土地上延伸到视野之外。人力车仍在海岸飞奔,在同样的天空、山峰、大海的前方,但是白云已无踪影!而且也再没有距离悬崖很近的道路,只有接连不断的稻田和麦田直到远处的青山脚下。电线杆吸引了我的注意力,在最高的电线上,也只有在最高的电线上,栖止着一群小鸟,头都朝着大路,对我们的到来压根儿不理睬。它们泰然自若,我们在它们眼中不过是过眼云烟。它们一排有数百只,长达好几英里,我没有看到一只是用尾巴朝着大路的。它们为什么这么站着,它们守望着或等待着什么呢?我猜不出。我间断地挥帽叫喊,惊吓它们。有的飞起来,扑动着翅膀,叽叽喳喳地叫一阵,然后又落在电线上原先的老地方,绝大部分则不把我当一回事。

车轮清晰的辚辚声被一阵深沉的咚咚的鼓声所压倒,在我们急急地经过一个村庄时,我看见一面在一个四面敞开的棚子下的大鼓,一个光着上身的人正敲着。

"喂,车夫!"我喊道,"那是怎么回事?"

他没有停步,大声回答:"现在到处都会这样。没有及时下够雨,所以就要求神,求神就要打鼓。"

我们从另一个村子一掠而过,我既看见各种大小的鼓,又听到声音不一的桴鼓声,还有其他鼓声从眼见不到的村落,越过好几英里焦干的稻田,像回声一样呼应着。

四

于是我又想起了浦岛。我想到那些画图、诗歌与谚语,它们记载着这个传说对这一民族的想象力的影响。我想到我在一次宴会上看到一个表演浦岛的出云舞女,她拿着一个漆绘盒子,在那个悲剧性的时刻从盒子里飘出一股京都薰香的烟气。我从古色古香的优美的舞蹈再想到逝去的一代舞女,进而想到她们化成了缥缈的尘埃。尘埃!这使我想起了我将只付他七十五钱的人力车夫,由他的草鞋掀起的实在的尘土。我寻思这尘土中有多少也许是古老的人化的尘土。在万物永恒的秩序中,人心的运行也许比尘土的运行更为重要吧。于是我的祖传的道德惊恐起来,我试图说服自己,一个流传了一千多年的故事,随着每一个世纪的流逝而获得更新鲜的魅力,怕只能由于其中含有某种真理而得以存在。然而是什么真理呢?眼下我对这个问题找不出答案来。

热得非常厉害,我喊道:"车夫,我的嗓子干,很想喝水。"

他依旧一边跑着，一遍回答："长滨村离这里不远，有一个大喷泉，到那里可以喝到纯净的泉水。"

我又喊道："喂，车夫！这些小鸟，为什么总这样面朝着这条道路呢？"

他跑得更加快了，回答道："所有的鸟儿总是面朝着风的。"

我先对自己的无知发笑，接着又笑自己的健忘，记得在我还是孩子的时候，在什么地方听人说过同样的答案。或许关于浦岛的神秘的下落也是由健忘创造出来的吧。

我又想到了浦岛。我看到海龙王的女儿徒然在装饰得精美绚丽的宫殿里等着迎接他。从盒内飘出来的云归来了，无情地宣布发生了的事情。那些奇异而可爱的海中的生灵，穿着它们的节日盛装，试图安慰她。可是在那个真的故事里却没有这些，人们的怜悯似乎都是对浦岛的。我这样跟自己对话：怜悯浦岛是不是对呢？自然他受到神怪的迷惑。但谁又没有呢？人生又何尝不是一种迷惑呢？浦岛在迷惑中怀疑神的意图，把盒子打开了。于是他轻易地死去，而人们却为他建立一座所祠庙，尊他为浦岛明神。为什么人们都同情他呢？

在西方，事情的处理就完全不同。要是不服从神，我们还照样能活下去，尝到在各方面极度的悲痛。神不会让我们在可能是最好的时机舒舒服服地死掉，更谈不上在死后凭本身的头衔让人奉为小小的神灵。在浦岛跟现真身的神在一起生活了这么久之后,我们怎么能同情他的愚蠢呢?

或许我们的所作所为可以解答这个谜。这种同情准是自怜,因此这一传说也许是很多人以讹传讹的传说。这个想法恰好是在蓝色的光辉普照与轻风吹拂的特定的时候产生的,作为一个古老的记忆流传下来。它跟某一季节有着太密切的关系,因而这个季节之感又跟人的生活中或人的祖先的生活中的某一实事相关联。但实事又是什么呢?海龙王的女儿又是谁呢?夏天常在的海岛又在哪里呢?盒中的云又是什么呢?

我回答不了所有这些问题。我只知下面这回事,那根本也不新鲜。

我记得一个地方和一个不可思议的时光,那个地方那个时候的太阳和月亮比现在要大要亮。它是不是我的此生或前生我说不好。但我知道天空要更为湛蓝得多,也接近尘世得多,看上去仿佛就在开进夏天的赤道的一艘轮船桅樯的上方。大海是有生命的,它常常说话。

那地方的风,当它吹拂到我身上的时候,使我为之欢呼。在前些年我住在山顶的那些敬神的日子里,我曾经有一两次梦到这同样的风曾吹拂过一会儿,不过那只是回忆。

那个地方的云也是奇妙的,它们的颜色我叫不出来,是一些常使我感到饥渴的颜色。我记得那时候日子比现在的日子也长得多。在那里,每天我都能发现新奇的事物和新的欢乐。那个地方以及时间都由一个神支配，她只想方设法让我快乐。有时我甚至不愿让她使我快乐，这常常使她痛苦，虽然她是神圣不可侵犯的。我记得我努力要使自己感到难过，在白天过去之后，明月升起之前，有一段万籁俱寂的黑夜，她常常给我讲故事，那些故事使我的全身快乐得哆嗦。我从没有听到过别的故事有它们一半美丽。如果产生的快乐太强烈，她就会唱一首短而离奇的催眠曲。最后分手的日子到来，她哭了，她授予我一种魔力，嘱咐我绝对绝对不要丢掉，因为它可以使我永葆青春，而且使我有能力回来。可是我再没有回去。一年又一年过去，一天，我明白我已经失去了那种魔力，变得可笑地老态龙钟了。

五。

长滨村坐落在近大路的苍翠的悬崖脚下，由聚合在一个石潭周围的六幢茅屋组成，上面覆盖着松树的叶荫。源出一条溪涧的冰凉的潭水灌满了这块盆地，溪流是从悬崖的深处直接冒出来的，正如人们以为一首诗应该从诗人的心底冒出来一样。从停放的人力车和休息的人判断，那里显然是个歇气的好地方。树下有长凳，在缓解了口渴之后，我坐下来抽烟，观看浣衣的妇女和在水潭边以休息来恢复精力的旅人。同时，拉我的车夫脱下衣服，用一桶桶凉水冲洗身体。一个背负婴儿的年轻人给我送来茶水,我试着逗婴儿玩,他发出"啊、吧"两个音。

这是一个日本婴儿发出的最初的语音。这纯粹是东方式的。由于没有人教过他,这两个音是有趣的,在日本的儿语中意思是"再见",正好是我们最不愿意盼望一个婴儿在踏进这个虚妄的世界时吐出的。这个幼小的灵魂是对什么人或对什么东西说再见呢?对记忆犹新的前生的朋友们?对无人知道从何处而来的幽冥途中的旅伴?从虔诚的宗教观点看这种推论是有点把握的,因为这孩子绝不能替我们决定。在他第一次说话的那个神秘的时刻,他想的是什么,在他能回答问题以前早就被忘掉了。

我出乎意料地回忆起一个奇异的故事,可能是看到这个背婴儿的年轻人而想起来的,也可能是听到悬崖中的流水的歌声而想起来的。以下是对这个故事的回忆。

很久很久以前,在山中的某个地方住着贫穷的樵夫和他的妻子。他们很老了,也没有儿女。每天丈夫独自去森林砍柴,而妻子则在家中织布。

一天,老人一改往常的习惯,走进森林更深处去寻觅一种木头,他猛然发现走到此前他从没见过的泉水边。泉水异常清澈凛冽,他正渴了,因为白天炎热, 他一直砍柴砍得很辛苦。他摘下他的大草帽，跪下来，长长地喝了一口。泉水似乎以最迥异寻常的方式使他的精力恢复过来，接着他从泉水里看到了自己的容貌他吓了一跳。那肯定是他自己的面容，可是一点儿也不像平日他从家中的旧镜子里看到的那副模样。那是个非常年轻的面孔！他不能相信自己的眼睛。他举起双手放在头上，之前头还是光秃秃的，现在覆盖着既浓又黑的头发。他的容颜像一个少年的容颜那么光润，每条皱纹都消失了。与此同时，他发现自己充满新的力量。他惊愕地注视自己原来由于年迈而萎缩的四肢，现在它们则因为青春丰满的肌肉而变得发达结实。他不知不觉喝下了青春之泉的泉水，那一口泉水使他恢复了青春。

最初他高兴得高高跳起，发出欢呼，于是他比平常更快地跑回家，一辈子都没有跑得那么快。当他走进家门，他的老伴吓了一跳，因为她把他当成一个生人。当他告诉她发生的奇迹时，她不能马上相信。可是过了好长一阵，他终于使她相信眼前看到的年轻人真的是她的丈夫。他告诉她泉水在哪儿，要她跟他一同去。

她说："你已经变得这么年轻英俊，不可能继续爱一个老太婆；所以我一定得马上喝点这种泉水。但是我俩同时不在，家里没人可不行，我去，你就守家吧。"说完，她独自往林子走去了。

她找到那泉，跪下来，开始喝水。噢，泉水是多么凉爽清甜啊！她喝呀喝呀喝呀，歇一下只是为了再喝。

她的丈夫等得心烦，他指望看到她时，她成了一个苗条漂亮的少女，可是还不见她的影子。他着急了，关上大门就去找她。

他走到泉水边，哪里都找不到他的老伴。他刚准备转身回去，一下听到了从靠近泉水的高高的茅草中发出的轻轻哀恸声。他往草中寻觅，发现了他妻子的衣服和一个婴儿，一个很小的婴儿，大约六个月大！因为那老太婆把有魔力的泉水喝得过多，这样她就把自己的青春恢复得过了头，变成一个连话也不会说的婴儿。

他把婴儿拾起来，放在怀中。她悲伤又惊愕地看着他。他抱着她回家，一边对她嘟哝着什么，一边想着奇怪忧伤的心事。

那时，在对浦岛的遐想之后，这个故事的教训不像从前听到的那样令人满意，因为即使把生命之泉痛饮一番，我们也不会变得青春焕发。

我的车夫光着上身回转，身体已凉爽了，对我说由于天气酷热，他跑不了已答应过我的二十五英里了，不过他找到了另一名车夫拉我走完剩下的路程。因为他只拉完那么多路，所以只要五十五钱。

天气确实很热,我后来才得悉超过华氏一百度。远方不断传来求雨的鼓声,有节奏地敲打着,像热浪本身一样搏动。我想到龙王的女儿。

"她告诉我说是七十五钱,"我指出,"如果是五十五钱,那就是答应的事而没有做到。无论如何,应给你七十五钱,因为我害怕神。"

在一个还没有疲倦奔跑的车夫身后,我飞快地进入一片白热的光焰中,向着洪亮的鼓声传来的方向。

安艺之助的梦

小泉八云

旧时,大和国有个叫十市的地方,那里住着一位乡士,名曰宫田安艺之助(在此需要说明的是,在日本的封建时代有一种特权阶级,即武装农民——自由民——相当于英国的自耕农,他们被称为乡士)。

安艺之助家的庭院里有一株高大的古杉,每逢酷暑之日,他常常在树下休憩。在一个炎热的午后,他和两位乡士朋友坐在树荫下饮酒闲聊,忽然一阵浓浓的睡意袭来,他实在觉得神思昏沉,便请求朋友允许他打个盹,枕着树根酣然入梦——

梦里,他刚在院子里躺下,就看到附近的山丘上走来一列浩浩荡荡的队伍,气派得好似高官显爵一般。他起身欲一探究竟,见那队伍果然威风八面,是前所未见的气派庄严,正大张旗鼓地向着他的宅邸前进。队伍前面是一群身着华服的年轻男子,他们拉着一辆漆金华辇,华盖上悬挂着鲜艳的绸缎。

一行人行至安艺之助家门前不远处便停了下来，一位华冠丽服，一看便知其身居高位的男子走上前来，向安艺之助深深一揖道："大人，在下是常世①国王的家臣，奉敝国主君之命，前来向您请安，听候您的差遣。此外，敝国主君还命在下请您移驾宫中一叙，有要事相商，请您速速启程，迎接大人的车辇已在院外恭候。"

事出突然，安艺之助闻言一时间没找到适宜的措辞，惊异之余竟一时语塞。而且，不知为何，连神志也开始恍惚起来，不由自主地随着那家臣乘上了车辇。甫一上车，家臣便做了个手势，侍从抓起绢质车绳，将富丽的车辇调头驶向南方——旅途开始了。

令安艺之助惊诧的是，不多时，车辇就在一座中国样式的二层宫殿前停了下来，这桂殿兰宫对他来说真是前所未见。那家臣下车道："容在下前去通禀。"随即不见了踪影。

片刻之后，有两位身着紫色绢服、头戴峨冠、气度非凡的侍从自宫殿大门走了出来。二人向安艺之助恭恭敬敬地行了个礼，把他扶下车辇，又将他引进恢弘的大门，穿过偌大的庭园，来到了宫殿的入口处。那宫殿东西竟长达数里。侍从将安艺之助引进一间富丽堂皇的会客厅之后，请他入了上座，之后便规规矩矩地坐在一旁。与此同时，身穿宫服的侍

---

① 指传说中的国度。

女呈上了茶点。安艺之助用过茶点之后,身着紫衣的两人又是深深施了一礼,按照宫廷礼仪轮番向他如是说道:

"吾等特向您禀告主君之命……此番请您驾临此地,乃是因敝国主君冀望招您为婿……主君下旨命您今日与公主殿下成婚……吾等即刻引您前去觐见……陛下已经等候多时……烦请您先更换典礼的礼服。"

话毕,两人同时起身,走到壁龛前,那里放着一个硕大的描金衣箱。他们打开衣箱,取出了许多华彩斐然的锦衣玉带以及王族的头冠,接着,服侍安艺之助换上了合身的驸马礼服,引他前去觐见。只见常世国王身着黄袍,头戴黑冠,端坐在宝座之上。宝座前,满朝文武按官品分列左右,个个屏息凝神,气氛庄严肃穆如同寺院一般。安艺之助穿过文武百官来到殿前,向国王三叩首以示尊敬。

国王蔼然可亲,缓声道:"此前,朕已派人传旨言明为何召见于你。朕已决定择你为龙婿,将唯一的公主赐婚给你。即刻举行婚礼。"

国王话音刚落,就响起了喜庆的音乐,从帷幕后面走出一长列美貌的宫女,将安艺之助引到了新娘所在的喜厅。

厅堂虽然宽敞,但前来观礼的宾客依然摩肩接踵、挤挤挨挨地站了一屋。众人纷纷向安艺之助施礼道贺后落座,安艺之助亦面向公主坐在备好的坐垫上。新娘身披嫁衣,宛若夏之碧落,翩翩如天人之姿。

两人在一片喜气洋洋的氛围中成了婚,随后被送入了新房。新房位于宫殿的另外一角,已经布置妥当,在那里他们收到了众多达官贵人的祝贺和贺礼。

数日后,安艺之助再次被宣召入殿。此次国王的态度更为郑重:

"我国领土的西南部有一莱州岛,朕现任命你为该岛总督。岛上虽民风淳朴,然律法尚未与常世之法相一致。朕望你接管此岛以后,可以勤政爱民,矫世变俗。前往莱州一途所需皆已备妥,你即刻动身吧。"

安艺之助领旨后便偕公主出了宫,达官显贵一路随行至海滨。他们乘上国王准备的豪华船只,顺利地抵达了莱州。性情和顺的岛民们齐聚海边,热情迎接他们的到来。

安艺之助走马上任以后,行事游刃有余。任期头三年,他为了法律框架的制定而殚精竭虑,好在有贤明的官员辅佐,一切都很顺利。最终,他除了按照旧例出席一些活动和仪式以外,并无其他特殊事务。岛上土地沃腴,百姓安居乐业,人人遵纪守法。安艺之助治理莱州二十多年——他共在莱州生活了二十三年,生活安乐无虞。

然而就在他任期的第二十四年,不幸却突然降临了——为他生育了七个子女(五男二女)的妻子病逝了。安艺之助将她厚葬于蕃陵江地区，并为她立了豪华的墓碑。自妻子撒手人寰之后，安艺之助便生无可恋，日日悲叹。

服丧期满之后，有使者从常世王宫带来了国王的谕旨。使者先向安艺之助表达了哀悼，随后传旨道："常世国王有旨，请大人领旨。'今命莱州总督即刻回朝。七位子女乃皇室王孙，当享皇族待遇，无须劳心。钦此。'"

安艺之助领旨以后便打点行囊，处理好一切公务，向得力谋臣及可信之人一一话别，在众人簇拥下来到港口登船启帆。船只在湛湛蓝天下航行，莱州岛的影子渐渐变成青色，后来又化作灰色，最后完全消失在天边……这时，安艺之助忽然惊醒，发觉自己正躺在庭中古杉之下。

他茫然四顾，手足无措，定睛一看，两位友人依然坐在身侧酣饮谈笑。他迷惑不解地盯着好友们，大声嚷道："简直太不可思议了！"

"安艺之助一定是做梦了。"一名友人笑道，"你讲讲，梦见什么稀奇事了？"

于是，安艺之助便将自己的梦——在常世王国莱州岛生活二十三年的故事，一五一十地讲给了朋友们。二人听完亦是瞠目结舌，因为安艺之助实际上只是小睡了片刻而已。

其中一位乡士好友说道："你这梦果然奇特。其实，方才你小睡之时，我们也目睹了一件玄而又玄之事。一只小黄蝶在你眼前飞来飞去，后来栖于一旁地上靠近树木之处。随即，一只硕大的蚂蚁从蚁穴中爬出，将它拖进了洞中。不过，就在你醒来之前，那蝴蝶又从蚁穴中飞了出来，在你面前飞了一会儿就消失无踪了，也不晓得它究竟飞去了哪里。"

"想必那便是安艺之助的灵魂吧。"另外一位乡士道，"我似乎看见它飞进了安艺之助的口中……纵使如此，也不可解方才之梦吧。"

"或许蚂蚁可以一解方才之梦。"最先讲话的朋友又说道，"蚂蚁是种诡异的存在，没准是什么妖怪……总之，那棵古杉下有个大蚂蚁穴……"

"那便去一探究竟吧！"安艺之助闻言心动。三人取来铁锹准备行动。

杉树边的地下居住着偌大一群蚂蚁，蚁穴规模庞大，十分吓人。而且，蚂蚁们在蚁穴的通道内侧用麦秆、黏土和植物茎部搭建出了精致小巧的建筑，仿佛一座城镇模型。中央有一座建筑格外巨大，无数小蚂蚁正簇拥在一只长着淡黄色翅膀和长长的黑色头部的巨蚁身边。

"看来它就是我在梦中所见到的国王！"安艺之助叫道，"这就是常世的宫殿……太不可思议了……莱州岛应该在宫殿的西南方向，大树根的左侧……对了，就是这里……太神奇了。那么在蕃陵江边的小丘上应该可以找到公主陵……"

安艺之助拆毁蚁穴，仔细翻找，终于发现了一个小小的土冢。土冢的顶端立着一块水磨过的石子，形似佛教徒的石碑。扒开一看，果然在黏土之下找到了一只雌蚁的尸骸。

作者简介

小泉八云（1850—1904），爱尔兰裔日本作家，写过不少向西方介绍日本和日本文化的书，是近代史上有名的日本通，现代怪谈文学的鼻祖，主要作品有《怪谈》《来自东方》等。